語可書坊

作家文摘　**语之可**　第二辑（04-06）

顾　问（以姓氏笔画为序）

冯骥才　孙　郁　苏叔阳　张抗抗　张　炜

梁　衡　梁晓声　韩少功　熊召政

主　编　张亚丽　　　　　　　**副主编**　唐　兰

编　辑　姬小琴　裴　岚　之　语

设　计　于文妍　之　可

语之可

Proper words

04

谁悲关山失路人

中国出版集团

现代出版社

目 录

文坛领袖王世贞，一向视他为"真才子"，算是很看重他才华的，此案一经发布，就断定屠隆是被自身的才华给害了，以沉痛的语气感叹说，即使把屠隆老家宁波东钱湖的水全部起底，也洗刷不掉文人无行四字。

　　　文坛领袖王世贞，一向视他为"真才子"，算是很看重他才华的，此案一经发布，就断定屠隆是被自身的才华给害了，以沉痛的语气感叹说，即使把屠隆老家宁波东钱湖的水全部起底，也洗刷不掉文人无行四字。

心中的桃花源

——陶渊明《桃花源记》解读

梁　衡

当政治家们为怎样治国争论不休时，作为文学家的陶渊明却轻轻叹了一声："不如不治。"然后就提笔濡墨，描绘了一幅桃花源图。

　　每一个多少读过点书的人，都知道陶渊明的《桃花源记》。一篇只有360字的散文能流传1500年，家喻户晓、传唱不衰，其中必有它的道理。这篇文字连同作者最流行的诗作，大约是我在孩提时代，为习文识字，被父亲捉来读的。当时的印象也就是文字优美，故事奇特而已。直到年过花甲之后，才渐有所悟。一篇好文章原来是要用整整一生去阅读的。反过来，一篇文章也只有经过读者的检验，岁月的打磨，才能称得起经典二字。凡是经典的散文，总是说出了一种道理，蕴含着一种美感，让你一开卷就沉浸在它的怀抱里。《桃花源记》就是这样的文字。

一、《桃花源记》想说什么？

　　一般人都将《桃花源记》看作是一篇美文小品。它确实美，朴实无华，清秀似水，而又神韵无穷。但正是因为这美害了它，让人望美驻足，而忽略了它更深一层的含义。就如一个美女英雄或美女学者，人们总是惊叹她的容貌，而少谈她的业绩。《桃花源记》也是吃了这个亏，顶了"美文"的名，始终在文人圈子和文章堆里打转转，殊不知它的第一含义在政治。

陶渊明所处的晋代自秦统一天下已600年。在陶之前不是没有过政治家。你看，贾谊是政治家，他的《过秦论》剖析暴秦之灭亡何等精辟，但汉文帝召见他时"不问苍生问鬼神"；诸葛亮是政治家，是智者的化身，但他用尽脑汁，也不过为了帮刘备恢复汉家天下；曹操是政治家，雄才大略，横槊赋诗何其风光，但刚为曹家挣到一点江山底子，转瞬间就让司马氏篡权换成晋朝旗号。

陶渊明也不是没有参与过政治，读书人谁不想建功立业？况且他的曾祖陶侃（就是成语"陶侃惜分阴"的那个陶侃）就曾是一个为晋王朝立有大功的政治家、军事家。陶渊明曾多次出入权贵的幕府，但是他所处的政治环境实在是太黑暗了。东晋王朝气数将尽，争权夺利，贪污腐败，军阀混战，民不聊生。以东晋的重臣刘裕为例，未发迹时是一无赖，好赌，借大族刁氏钱不还，刁氏将其绑在树上用皮鞭抽。有一叫王谧的富人可怜他，便代为还钱。刘发迹，就扶王为相，而将刁家数百人满门抄斩，后来干脆篡位灭晋，建宋。陶渊明曾四隐四出，因家里实在太穷，无力养活六个孩子，公元405年时他已42岁，不得已便又第五次出山当了彭泽县令。这更让他近距离看透了政治。东晋从377年起实行"口税法"，即按人口收税，每人年缴米三石。但有权有势的大户人家纷纷隐瞒人口，国家收不到税，就抬高收税标准，每人五石，恶性循环的结果是小民的负担更重，纷纷逃亡藏匿，国库更穷。陶一上任就在自己从政的小舞台上大刀阔斧地搞改革，他从清查户籍入手，先拿本县一户何姓大地主开刀。何家有成年男丁200人，却每年只缴20人的税。何家有人在郡里当官，历任县令都不敢动他一根毫毛。

　　陶是个知识分子，骨子里是心忧国家，要踏破不平救黎民、治天下，年轻时他就曾一人仗剑游四方。你看他的诗"刑天舞干戚，猛志固常在""君子死知己，提剑出燕京"，绝不只是一个东篱采菊人。所以鲁迅说陶渊明除了"静穆"之外，还有"金刚怒目"的一面。一时，彭泽县里削富济贫、充实国库的政改实验搞得轰轰烈烈。正是：

> 莫谓我隐伴菊眠，半醉半醒酒半酣。
>
> 翻身一怒虎啸川，秀才出手乾坤转！

但是上层已经形成一个利益集团，哪能容得他这个书生"刑天舞干戚"来撼动呢？邪恶对付光明自然有一套潜规则。这年干部考察时，何家买通"督邮"①来找麻烦。部下告诉陶，按惯例这时都要行贿，私下给点好处。陶渊明大怒："我安能为五斗米折腰！"连夜罢官而去。回家之后便写了那篇著名的《归去来兮辞》：归去来兮，田园将芜胡不归！既自以心为形役，奚惆怅而独悲。……世与我而相违，复驾言兮焉求？

这次出去为官对他刺激太大了，他对官府，对这个

---

① 监察和考核官员政绩的官。

制度已经绝望。他向往尧舜时那种人与人之间平等、和谐的生活；向往《山海经》里的神仙世界；向往古代隐士的超尘绝世。从此，他就这样在一直乡下读书、思考、种地。终于在他弃彭泽令回家16年之后的57岁时写成了这篇360字的《桃花源记》。作者纵有万般忧伤压于心底，却化作千树桃花昭示未来，虽是政治文字却不焦不躁，不偏不激，于淡淡的写景叙事中，铺排出热烈的治国理想。这种用文学翻译政治的功夫真令人叫绝。但这时离他去世只剩下6年了，这篇政治美文可以说是他一生观察思考的结晶，是他思想和艺术的顶峰。历史竟会有这样的相似，陶渊明五仕五隐，范仲淹四起四落。范仲淹那篇著名的政治美文《岳阳楼记》是在58岁那年写成，离去世也还只剩6年。这两篇政治美文都是作者在生命的末期总其一生之跌宕，积一生之情思，发出的灿烂之光。不过范文是正统的儒家治国之道，提出了一个政治家的个人行为准则；陶文却本老子的无为而治，给出了一个最佳幸福社会的蓝图。

陶渊明是用文学来翻译政治的。在《桃花源记》中他塑造了这样一个理想的社会：土地平旷，屋舍俨然，良田美地，往来耕作，鸡犬相闻，黄发垂髫，怡然自乐。这是一个自自在在的社会；一种轻轻松松的生活；人人干着自己喜欢的工作。在这里没有阶级，没有欺诈，没有剥削，没有烦恼，没有污染。人与人和谐，人与自然和谐。这是什么？这简直就是共产主义。陶渊明是在晋太元年间（公元376—396）说这个话的，离《共产党宣言》诞生（1848年）还差1400多年呢。只是有那么一点点影子，我们就算它是"桃源主义"吧。但他确实是开了一条政治幻想的先河。当政治家们为怎样治国争论不休时，作为文学家的陶渊明却轻轻叹了一声："不如不治。"然后就提笔濡墨，描绘了一幅桃花源图。这正如五祖门下的几个佛家大弟子为怎样克服人生烦恼争论不休时，当时还是个打杂小和尚的六祖却在一旁叹道："菩提本无树，明镜亦非台；本来无一物，何处染尘埃。"人性本自由，劳动最可爱，本来无阶级，平等最应该。不是政治家的陶渊明走的就是这种釜底抽薪的路子。

陶之后1200年，欧洲出现了空想社会主义。而且巧得很，也是用文学作品来表达未来社会的蓝图，但不是散文，是两本小说，在社会发展史和世界文化史上影响极大。这就是1516年英国人莫尔出版的《乌托邦》和1637年意大利人康帕内拉出版的《太阳城》，所以《桃花源记》也可以归入政治文献而不是只存在于文学史中。

其实《桃花源记》又何尝不可以当成小说来读呢。甚至那两本书的构思手法与《桃花源记》也惊人地相似。陶渊明是假设某个渔人误入桃花源，而在《乌托邦》里是写一个探险家在南美，误登上一座孤悬海中的小岛。岛上绿草如茵，四周波平浪静。街上灯火辉煌，家家门前有花园。每个街区都有公共食堂，供人免费取食。个人所用的物品都可到公共仓库任意领取，并无人借机多占。更奇的是，他被邀参加一个订婚仪式，男女新人都要脱光衣服，让对方检验身体有无毛病，然后订约。其道德清纯、诚实高尚若此。探险家在这里生活了五年，回来后将此事传与世人，就如武陵人讲桃花源中事。《乌托邦》成书后顷刻间风靡欧洲，被译成多国文字，传遍世界。中国近代翻译家严复也把它介绍到了中国。

1637年意大利人康帕内拉又出版了一本书《太阳城》。很巧，还是陶渊明的手法。一个水手在印度洋遇险上岸，穿过森林进到一座城堡，内外七层，街道平整，宫殿华丽，居民身体健康，风度高雅，衣食无忧。在这个城市里没有私产，实行供给制。服装统一制作，按四季更换。每日晨起，一声长号，击鼓升旗，大家都到田里劳动。没有工农之分，没有商品交换，没有货币。孩子两岁后即离开父母交由公家培养。总之一切都是公有，需求由政府实施公共分配。甚至婚姻也是政府考虑到后代的优生而搭配，靓男配美女，胖男配瘦女。又是那个水手归来"海外谈瀛洲"，如同武陵人讲桃花源。这本书同样风靡全球，是空想社会主义的又一块里程碑。以幻想理想社会类的文学作品而论，有三大里程碑：《桃花源记》《乌托邦》《太阳城》。

"桃园三结义"，陶渊明是老大。

为了追求真实的桃花源，除出书外，还有人身体力行地去试验。1825 年 4 月英国人欧文用 15 万美元在美国买了一块地，办起一个"新和谐公社"。这公社规划得十分理想，有农田、工场、住宅、学校、医院。公社成员一律平等。也是吹号起床，集体劳动，吃公共食堂。没有交换，没有货币。算是一个西洋版的"桃花源"。可惜这个公社来得实在太早，与当时的生产力水平、道德标准相差太远。墙内清贫而浪漫的生活，抵挡不住墙外资本主义金钱、名利的诱惑，维持了两年，试验宣告失败。

但是人们心中那盏理想的明灯总是在轻轻闪烁，在西方这种试验一直顽强地延续着。今天，英国查尔斯王子在本国一个叫庞德里的小城，也搞了一个"小国寡民"的建设，400 户人家，全部环保建材，绿荫小街，各家一色的院落，无汽车之喧嚣，无贫富之悬殊。美国弗吉尼亚州双橡树合作社区实验从 1967 年坚持到现在已有 40 多年。450 英亩土地，百十口人，财产公有，自愿结合。这是北美共产社区中维持时间最长的一个。

空想虽然空洞一些，但思想解放就是力量。无论是一个人还是一个社会，如果没有幻想，就会静止，就会死亡。自陶渊明之后，这种对未来社会的想象从来没有停止过。到马克思那里终于产生了科学社会主义。《共产党宣言》预言未来的理想社会是"自由人联合体"。没有阶级，没有剥削，没有贫富差别，没有尔虞我诈，大家自由地联合在一起。恩格斯给出的蓝图是："这种制度将给所有的人提供健康而有益的工作，给所有的人提供充裕的物质生活和闲暇的时间，给所有的人提供真正的充分的自由。"你看这不就是桃花源中人吗？

就主体来说陶渊明是诗人而不是政治家、思想家，他只是以憧憬的心情写了一篇短文。武陵人误入桃花源，陶渊明误入到了政治思想界。他万万没有想到他的幻想竟引来了这么多的试验版本。相比于政治和哲学，文学更富有想象力，陶渊明的桃花源足够后人一代一代地去寻找、评说。

二、桃花源在哪里？

中国文学史上有许多的游记名篇，也造就了许多的山水品牌，成了今天旅游的新卖点。但让人吃惊的是，一个虚构的桃花源却盖过了所有的真山水，弄得国内只要稍微有一点姿色的风景，就去打桃花源的牌子，硬贴软靠，甚至争风吃醋，莫辨真伪。北至山西、河北，南到广西、台湾，处处自诩桃花源，人人争当武陵人。只我亲身游历过的"桃花源"就不下几十处，遍布大半个中国。"是花还是非花，也无人去从叫真"。但正是这似与不似之间，叫哪一处真山水也比不上幻影中的桃花源，而那些著名游记又无论如何也不能与《桃花源记》等身。就连最有名的《小石潭记》里的小石潭，现在也只不过是柳州的一个废土坑而已，也未见有哪个地方去与之争版权、争冠名。桃花源成了风景的偶像。何方化身千亿，一处山水一桃源，陶渊明用什么魔法将这桃花源的基因遍洒中华大地，遗传千年，繁衍不息？

凡偶像都代表一种精神，而精神的东西是既无形又可幻化为万形。陶渊明笔下的桃花源是一处风景，但绝不是单纯的风景，它是被审美的汁液所浸泡，又为理想的光环所笼罩着的山水。美好的事物谁不向往？正如地球上无论东西方都有空想社会主义的模式；在中国无论东西南北，都能按图索骥找到"桃花源"。桃花源不是小石潭，不是滕王阁，不是月下赤壁，也不是雨中的西湖。它是神秘山口中放出的一束佛光，是这佛光幻化的海市蜃楼，这里桃林夹岸，中无杂树，芳草鲜美，落英缤纷。《桃花源记》是一个多棱镜，能折射出每一个人心中的桃花源，而每一个桃花源里都有陶渊明的影子，一处桃源一陶翁。

我见到的第一个桃花源是在福建武夷山区。从福州出发北上，过永安县，车停路边，有指路牌：桃花源。我说这柏油马路一条，石山一座，怎么是桃花源？主人说不急，先请下车。行几百米，果见一河，溯流而上，渐行渐深，林木葱茏，繁花似锦，两山夹岸，绿风荡漾，胸爽如洗。而半山腰庙宇民房，红墙绿瓦，飘于树梢之上，疑是仙境。折而右行，半壁之上突现一岩缝，仅容一人，曰"一线天"。我从缝中望去，山那边蓝天白云，往来如鹤。因为要赶路，我们不能如武陵人"舍船，从口入"了，但我相信穿过一线天，那边定有一个桃花源。

　　再沿路北上就是著名的武夷山。山之有名，因二：一是通体暗红，山崖如血，属典型的丹霞地貌；二是环山有溪水绕过，做九折之状，即著名的"武夷九曲"。想不到在这景区深处却还另藏着一个小"桃花源"。当游人气喘吁吁地翻过名为"天游"的石山顶，自天而降；或溯流而上，游完九曲，弃筏登岸时，身已累极，心乏神疲，忽眼前一亮见一竹篱小墙。穿过篱笆小门，地敞为坪，青草如茵，草坪尽处一泓碧水如镜，整座红色的山崖倒映其中，绿树四合，凉风拂衣，汗热顿消。正是陶诗："蔼蔼堂前林，中夏贮清阴。凯风因时来，回飙开我襟"的意境。这时席地而坐，仰望"天游"之顶，见人小如蚁，缘壁而行；俯视池水之中，蓝天白云，悠然自得。草坪上散摆着些茶桌，武夷山的"大红袍"茶海内知名。你在这里尽可细品杯中乾坤，把玩手中岁月。那天我正低头品茗，忽听有人呼唤，隔数桌之外走过一人，原来是十多年未见的一位南海边的朋友，不期在此相遇。我们相抱而呼，以茶代酒，痛饮一番。我一面感叹世界之小，又更觉这桃花源之妙，它真是一个可暗通今昔的时光隧道。

光阴者，百代之过客。这武夷山里不知过往了多少名人，朱熹就是从这里走出去开创了他的哲学流派。我怀疑他"半亩方塘一鉴开，天光云影共徘徊。问渠哪得清如许，为有源头活水来"的名诗，就是取自这个意境。明代大将军戚继光在南方抗倭之后又被调到北方修长城，曾路过此地，在这里照影洗尘，竟激动得不想离去。他赋诗道："一剑横空星斗寒，甫随平虏复征蛮。他年觅得封侯印，愿与君王换此山。"而陆游、辛弃疾在不得志之时，甚至还在这里任过守山的官职。朱、戚、陆、辛都是中国历史上屈指可数的人物。他们在绚烂过后更想要一个平淡,要做陶渊明,做一个桃花源中人。辛词写道:"今宵依旧醉中行。试寻残菊处,中路候渊明。"

我看到的第二处桃花源是湖南桃源县的桃源洞。一般认为这处景观最接近正宗的桃花源,况且国内毕竟也就只有这一个以桃源命名的县。这里除山水幽静外更多了一分文化的积淀。史上多有文人来此凭吊,孟浩然、李白、韩愈、苏轼等人都留有诗作。由此可见,桃花源早已不是一个风景概念,而是一种文化现象了。

我印象最深的是这里刻于石碑上的一首回文诗:

牛郎织女会佳期,月底弹琴又赋诗。

寺静惟闻钟鼓響(响),音停始觉星斗移。

多少黄冠归道观,见几而作尽忘机。

几时得到桃源洞,同彼仙人下象棋。

一般的回文诗是下句首字套用上句的末一个字,这在修辞学上叫"顶真"格。而这首诗是从上字中拆出半个字来起写下句,这样的"顶真"就更难。接着还有一个更难的动作，刻碑时第一字不从右上起，而是中心开花，向外旋转，到最后一字收尾，正好成方：

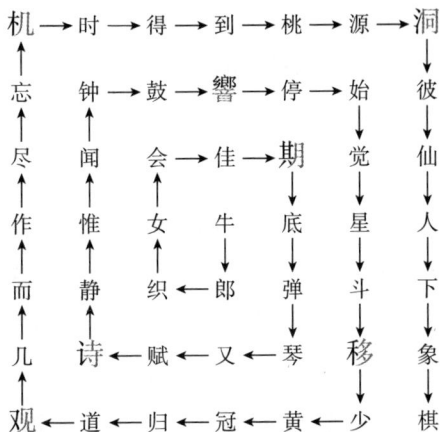

```
机 → 时 → 得 → 到 → 桃 → 源 → 洞
↑                                ↓
忘   钟 → 鼓 → 響 → 停 → 始   彼
↑   ↑                     ↓   ↓
尽   闻   会 → 佳 → 期   觉   仙
↑   ↑   ↑         ↓   ↓   ↓
作   惟   女   牛   底   星   人
↑   ↑   ↑   ↑   ↑   ↓   ↓
而   静   织   郎   弹   斗   下
↑   ↑                     ↓   ↓
几   诗 ← 赋 ← 又 ← 琴   移   象
↑                     ↑   ↓
观 ← 道 ← 归 ← 冠 ← 黄 ← 少   棋
```

这样的挖空心思说明后人对桃花源题材是多么的喜爱。而小石潭、赤壁，就是现代朱自清笔下的荷花塘也没有这样的殊荣呀！陶渊明所创造的"桃花源"实在是一个忘却时空、成仙成道的境界，比"乌托邦""太阳城"多了几分审美，比《小石潭记》《赤壁赋》中的景致又多了几分理想。

那天我不觉技痒，也仿其格填了一首回文诗（比原式更苛求一点，连首尾都半字相咬）：

因曾数读《桃花源》，原知诗人梦秦汉。

又来桃源寻旧梦，夕阳压山柳如烟。

我看到的第三处桃花源是在湖北恩施。这里是湘、鄂、黔交界的武陵山区。陶渊明是今江西九江人，其活动区域不会到过这一带。但阴差阳错，这山却名"武陵"，而《桃花源记》正好说的是武陵人的事。当地人以此附比桃花源也算言之有据，比别处更多一点骄傲。况且，这里地处偏远，至今还葆有极浓的世外桃源的味道。

武陵山区多洞，这洞大得让你不敢去想，一个洞就能开进一架直升飞机，而洞深几许到现在也没有探出个所以。这比陶渊明说的"桃林夹岸，山有小口，豁然开朗"更要神秘。那天我们就在山洞里的一个千人大剧场看了一台现代武陵人的歌舞演出，真是恍若隔世，不知梦在何处。

最动人的是情歌演唱。男女歌手分别站在舞台两侧的两个山头上（请注意，洞里又还有山）引吭高歌：

女：郎在高坡放早牛，

> 妹在院中梳早头。
>
> 郎在高坡招招手，
>
> 妹在院中点点头。
>
> 男：太阳一出红似火，
>
> 晒得小妹无处躲。
>
> 郎我心中实难过，
>
> 送顶草帽你戴着。

你看男子心疼他心爱的女子，恨不能立即送去一顶遮阳的草帽。楚人是善于歌颂爱情或者借爱情说事的，从屈原始，古今亦然。陶渊明的楚文化背景很深。这让我立即想起他的《闲情赋》：

> 我愿做她的衣领，以闻到她颈上的芳香。
>
> 可惜就寝时，衣服总要被弃置一旁；
>
> 我愿做她的衣带，终日系于她的腰间，
>
> 可惜换装时，衣带被解下，又有暂别的忧伤；
>
> 我愿做一滴发乳，涂在她的黑发上，
>
> 可她总要洗发，我又会受到冲洗的熬煎；……

我愿做一把竹扇，让她握于手上，凉风送爽，

可秋天来临，还是难免有离去的凄凉；

我愿做一株桐木，制成一把她膝上的鸣琴，

可她也有悲伤的时候，会推开我不再奏弹。

（愿在衣而为领，承华首之余芳；悲罗襟之宵离，怨秋夜之未央……）

还有哭嫁歌。婚嫁本是喜事，但女儿出嫁要哭，大哭，不舍爹娘，不舍闺友，大骂媒婆。哭，且能成歌，有腔有调，有情有韵。艺术这种东西真是无孔不入，喜怒哀乐都有美，悲欢离合都是歌。但是这歌和大城市里舞台上那些那些尖嗓子、哑喉咙、扭屁股、声光电的歌不一样，这是桃花源中的歌。是在武陵山中的时光隧道中听到的魏晋声、秦汉韵啊。

那天演的又有丧葬歌。人之大悲莫过于死，但这么悲伤的事却用唱歌来表达。当地风俗"谁家昨日添新鬼，一夜歌声到天明"。你看那个主唱的男子，击鼓为拍，踏歌而舞，众人起身而合，袖之飘兮，足之蹈兮，十分的洒脱。生死有命，回归自然，一种多么伟大的达观。

仿佛到了一个生死无界，喜乐无忧的神仙境界。这远胜于现代都市里作秀式的告别仪式、追悼大会。在歌声中我听到了 1500 年前陶渊明那首自己拟的《挽歌》："荒草何茫茫，白杨亦萧萧，严霜九月中，送我出远郊。""千秋万岁后，谁知荣与辱。但恨在世时，饮酒不得足。"武陵人这洒脱的《丧歌》，那源头竟是陶公的《挽歌》啊，你不得不承认这山洞里的桃源世界确实还在继续着陶渊明所创造的那个生命境界和审美意境。还有一种原始的茅谷斯舞蹈，舞者全身紧裹稻草，男子两腿间挂着象征阳物的装饰，甩来摆去，癫狂起舞。表达的是自然崇拜与生殖崇拜。这种纯朴只有在这深幽的山洞里才能见到，这时你已完全忘了山外的高楼大厦、车水马龙、电脑网络、反恐战争、股票期货，真的不知今宵何夕，身在何处了。

　　一连几天我就在这深山里转，感受这歌声、这舞蹈还有米酒。这里喝酒也是桃花源式，是在别处从没见过的。喝时要唱，要喊，要舞，喝到高兴处还要摔酒碗。双手过头，一饮而尽，然后"啪"的一声，满地瓷片，当然是那种很便宜的陶瓷碗。这正是陶渊明《杂诗》

与《饮酒》诗的意境:"得欢当作乐,斗酒聚比邻。""忽与一觞酒,日夕欢相持。""若夫不快饮,空负头上巾。"历史越千年,风物亦然。

一日,喝罢,我们去游一个叫"四洞峡"的地方,那又是一处桃花源了。离开公路,夹岸数步,人就落入一个大峡谷中。头上奇树蔽日,脚下湍流漱石。平时在城里花盆中才能见到的杜鹃花,这里长成了合抱之粗的大树,花大如盘,洁白如雪。一种金色的不老兰,攀于岩上,遍洒峡中,灿若繁星。古藤缠树,树树翠帘倒挂;香茅牵衣,依依不叫人行。许多草木都见所未见,闻所未闻。一种铁匠树,木极硬,木工工具对付不了它,要用铁匠工具才能加工,因有此名。其木放入炉中,如炭一样一晚不灭。一种似草似灌木的植物,杆子肥肥胖胖,就名"胖婆娘的腿"。真是目不暇接。走着,走着,这一路风景突然没入一个悠长的石洞,瞬间一片幽暗,不见天日,唯闻流水潺潺,暗香浮动。我们扶杖踏石,缘壁而行,大气也不敢出一口,仿佛真的要走回到秦汉去,也不知这样如履薄冰行了几时,忽又见天日,重回到了人间。这样忽明忽暗,穿峡过洞,如是者四次,是为"四洞峡"。到最后一个石洞的出口处，有巨石如人头，传说是远古时一将军在此守洞，慢慢石化。石壁上长有一株手腕粗的黄杨木，却言已生有八百年。据说这种树平时正常生长，而每逢有闰月就又往回缩，它竟能自由地挪动时空。现代物理学已有一种"虫洞"假说，人们可轻易穿越时空退回过去，而桃花源中的植物竟然早已有了这种本事。我回望洞口，看着这石将军，这黄杨树，浮想联翩。当年陶渊明由晋而返秦，我们现在莫不是返回到了东晋？

出峡之时已近黄昏，主人请我们参观他们的万亩桃林。这里乡民种桃已不知起于何年。近年来为了进一步富民，政府又请专家指导，搞了一项万亩桃园工程，好大的规模，放眼望去漫山遍野全是桃树。正是开花季节，晚照中红浪滚滚，一直铺向天边，只间或露出些道路、谷场，或农家的青瓦粉墙。我们随意选了一处半山腰的"农家乐"，在院子里摆桌吃饭。席间仍是要喝米酒，唱古老的歌，摔酒碗。主人对我们这些山外来人更是十分亲热。有如《桃花源记》所言："见渔人，乃大惊，问所从来，具答之。便要还家，设酒，杀鸡，作食"。又如陶诗:"落地为兄弟,何必骨肉亲,得欢便作乐,斗酒聚比邻。"他们也不知道什么戚继光曾经要用功名换山水,更不会去作什么回文诗。但他们知道这里就是桃花源,是他们的家,祖祖辈辈都这样自自然然地生活着。

桃花源不只是风景,更是一种生活符号,一种文化标记。

三、心中的桃花源

陶渊明为晋代柴桑人,即出生于现在的江西的九江县、星子县一带。九江我是去过的,这次为写这篇文章又重去两地寻找感觉。结果这感觉真的让我大吃一惊。在陶渊明纪念馆,我看到了许多历代、各地甚至还有国外对他的研究资料及出版的各种书刊。像东北鞍山这样远、这样小的地方都有陶学的研究团体,而今年的全国陶学年会是在内蒙古召开的。日本亦有专门的陶学社团。一本专刊上这样说:"渊明文学在日本的流传,不论时光如何流失,人们对他恬淡高洁的人格的憧憬、对其诗文的热爱从未中断。"而更未想到的是陶渊明的墓是在一座部队的营房里，官兵们用平时节约下来的经费将其修葺保护得十分完美。我们登上营房后的小山，香樟、桂花、茶树等江南名木掩映着一座青石古墓，墓的四角，四株合抱粗的油松皮红叶绿，直冲云天。只看这树就知这墓在数百年之上。陶卒于乱世，其墓本无可考，元代时大水在这附近冲出一块记载陶事的石碑，官民喜而存之，因碑起墓，代代飨祭。现在这个墓是部队在2003年重修，并立碑记其事。一个诗人，一个逝去了1500多年的古人怎么会引起这么广泛、久远的共鸣呢？

陶渊明的《桃花源记》确是以艺术的的魅力激起了我们千百年来对理想社会和美好山水的不断追求。但更有价值的是，陶渊明设计出了一个人心理的最佳状态，这就是以不变应万变，永是平和自然，永葆一颗平常心。他以亲身的实践证明了这一点，接着又用自己的作品定格、升华、传达了这种感觉。他在我们每个人的心里都埋下了一粒桃花源的种子，无论如何星转斗移，岁月更换，后人只要一读陶诗、陶文，就心生桃花，暖意融融，悠然自悟，妙不可言。当代德国著名哲学家海德格尔认为，哲学家应该具有诗人的思维，他说哲学最好的表达方式是诗歌。陶渊明已经做到了这一点，他始终是用诗歌来表现人生。

人生在世有三样东西绕不过去。一是谁都有挫折坎坷；二是任你有多少辉煌也要消失，没有不散的筵席；三是人总要死去，总要离开这个世界。与这三样东西相对应的心境是灰心、失落与恐惧。怎样面对这个难题，为了克服人精神上的消极面，让每一天都过得快活一些，历来不知有多少的思想家、宗教徒都在做着不尽的探索。过去关于奋斗、修养的书不知几多；现在"励志"类的书又满街满巷，而所谓"修养"，已经滑进了"厚黑"的死胡同。而你就是励志、奋斗、成就之后还是绕不开这三点。你看现实生活中有的人生活并没有到了谷底，甚至还有几分殷实小康，但还在没完没了地嫉妒、哭穷、诉苦、牢骚；有的人已身居高位，还在贪婪、虚荣、邀功；有的人已退出官场，还在回头、恋权、恋名，苦心安排身后事。陶渊明官也做过，民也当过；富也富过，穷也穷过；也曾顺利，也曾坎坷，但这些毛病他一点也没有。他学儒、学道、学佛，又非儒、非道、非佛，而求静、求真、求我，从思想到实践较好地回答了人生修养这个难题。

陶渊明生活在一个不幸的时代，军阀混战，政权更迭，民不聊生。他虽也做过几次官，但"不愿为五斗米折腰"，归隐回乡，日子过得紧紧巴巴。为避战乱，他曾两次逃难，仇家一把火又将他可怜的家产烧了个精光。但在他的诗文中却找不到杜甫"亲朋无一字，老病有孤舟"式的哀叹，反倒常是一种"采菊东篱下，悠然见南山"的恬静。这是一种境界，一种回归：回归自然，回归自我；不为权、财、名、苦所累，永葆一颗平常心的境界。他为官时，不为五斗米折腰，不丢人格；穷困时，安贫知足，不发牢骚，不和自己过不去。也就是《桃花源记》里说的"黄发垂髫，怡然自乐"。我们没有理由责备陶渊明为什么不像白居易那样去写《卖炭翁》，不像陆游那样去写"铁马秋风大散关"，不像辛弃疾那样"把栏杆拍遍"。陶所处的时代没有辛弃疾、岳飞那样尖锐的民族矛盾，他也未能像魏征、范仲淹那样身处于高层政治的旋涡之中。存在决定意识，各人有各人的历史定位。陶渊明的背景就是一个"乱"字，世乱如倾，政乱如粥，心乱如麻。他的贡献是于乱世、乱政、乱象之中在人的心灵深处开发出了一块恬静的心田。"结庐在人境，而无车马喧。问君何能尔？心远地自偏。采菊东篱下，悠然见南山。……"

陶渊明一生大多身处逆境，但他却永是开朗。不是说这逆境不存在，而是他能精神变物质，逆来顺推，化烦躁为平和。他以太极手段，四两拨千斤，将愁苦从心头轻轻化去，让苦难不再发酵放大，或干脆就转而发酵为一坛美酒。马克思说："受难使人思考，思考使人受难。"世上总有不平事，尤其是爱思考的知识分子。世有多大，心有多忧，忧便有苦，苦则要学会排解。陶渊明对辞官后的农耕生活要求并不高："岂期过满腹，但愿饱粳粮。御冬足大布，粗绨以应阳。"粗布淡饭而已。但他却从这种清苦中找到精神上的寄托和审美的享受。"耕种有时息，行者无问津。日入相与归，壶浆劳近邻。长吟掩柴门，聊为陇亩民。"

陶渊明也不是没有做过官，但他不把做官当饭吃，他一生五仕五隐，那官场的生活只不过是他的人生实验。他对朝廷也曾是有过一点忠心的，甚至还有对晋王朝的眷恋。自晋亡后，他写诗就从不署新朝的年号。但是他把人格看得比政治要重。不为五斗米折腰，不看人的脸色。政治生活一旦妨碍了他的人性自由，就宁可回家。他高唱着："归去来兮，田园将芜胡不归！既自以心为形役，奚惆怅而独悲。悟已往之不谏，知来者之可追。实迷途其未远，觉今是而昨非。舟遥遥以轻扬，风飘飘而吹衣。"何等痛快。朱熹评陶渊明说："晋宋人物，虽曰尚清高，然个个要官职。这边一面清谈，那边一面招权纳货。陶渊明真个能不要，此所以高于晋宋人物。"

陶渊明对死亡的思考更是彻底，并有一种另类的美感。他说："有生必有死，早终非命促。千秋万岁后，谁知荣与辱。""死去何所道，托体同山阿。""自古皆有没，何人得灵长？不死复不死，万岁如平常。"人总有一死，何必叹什么命长命短，操心什么死后的荣誉。如果一个人总是不死，那生和死又有什么区别？这种彻底的唯物主义真让我们吃惊。正因为有这种生死观，他从不要什么虚荣，没有一点浮躁。更不会如今人之非要生前争什么镜头、版面，死后留什么传记、文选。

龚自珍说："陶潜酷似卧龙豪，万古浔阳松菊高。莫信诗人竟平淡，二分《梁父》一分《骚》。"梁启超说："这位先生身份太高了，原来用不着我恭维。"说是不用"恭维"，但历来研究、赞美他的人实在太多。他的思想确实影响了一代又一代的人，他的这种达观精神几乎成了后人处世的楷模。如果你抚摩着陶之后的历史画卷，就会听到无数伟人、名人与他的共鸣。而这些人都是中国历史上的群山高峰啊。于是我们就会发现一股从遥远的桃花源深处发出的雷鸣，在历史的大峡谷中，滚滚回荡，隐隐不绝。李白算是中国诗歌的高峰了，被尊为诗仙，但他对陶是何等的敬仰："梦见五柳枝，已堪挂马鞭。何时到彭泽，狂歌陶令前。"他梦见陶公门前的五柳树了，要到彭泽去与他狂歌。白居易曾被贬为江州司马，离陶的家乡不远，他在任上时陶诗不离手："亭上独吟罢，眼前无事时。数峰太白雪，一卷陶潜诗。"苏东坡曾被发配在偏远的海南，他身处逆境是把陶渊明当老师才度过困境的："吾于诗人无所甚好，独好渊明。渊明作诗不多，然其诗质而实绮，癯而实腴，自曹、刘、鲍、谢、李、杜诸人，皆莫及也。"他把陶放在曹植、李白、杜甫之上，而且居然把陶诗逐一和了一遍，这恐怕主要是精神上的相通。现代人中毛泽东也有陶渊明情结。他一生轰轰烈烈，但晚年多次谈到想寄情山水，去做徐霞客，或者去当一名教书先生。他上庐山，山下的九江就是陶渊明的家乡，于是赋诗道："陶令不知何处去，桃花源里可耕田？"

庄子说："内贤而外王"，事业是皮毛，心灵的自由才是人的终极追求。魏晋人追求的大概就是这个风度，所谓"居官无官官之事，处事无事事之心"，亦即陶渊明说的不要让心情为外形所役使（既自以心为形役）。翻阅史书，我们发现凡真正建功立业，轰轰烈烈的大人物，其内心深处都有一个静谧的桃花源，能隐能出，能动能静，收放自如。诸葛亮六出祁山，七擒孟获，火烧赤壁，舌战群儒，一生何等忙碌，但留下的格言是"淡泊明志，宁静致远"。范仲淹"先天下之忧而忧，后天下之乐而乐"，其政治抱负多么强烈，但他的心理支柱是"不以物喜，不以己悲"。辛弃疾晚年写词"岁岁有黄菊，千载一东篱……都把轩窗写遍，要使儿童诵得，《归去来兮辞》。"

陶渊明不是政治家，却勾勒出一个理想社会，让人们不断地去追求；他不是专门的游记作家，却描绘了一幅最美的山水图，让人们不断地去寻找；他不是专门的哲学家，却给出了人生智慧，设计了一种最好的心态，让人们去解脱。如果真要说专业的话，陶渊明只是一个诗人，他开创了田园诗派，用美来净化人们的心灵。中外文学史上从来没有哪一位诗人能像他这样创造了一个社会模式、一种山水布景、一种人生哲学，深深地植根在后人的心中，让人不断地去追寻。

陈子昂：千古文人的两难悖论

王　龙

中国古代固然不乏"头触龙庭"，冒死直谏的官儿，可说到底又有几个皇帝老倌有闲心听你瞎扯，不认为"朕即真理"？又有几个拿命去摸"老虎屁股"的老夫子，不落得个以忠谏为借，"哗众取宠，广结朋党，联名上书，欺君罔上"的不赦之罪？最终不但头上的官帽没了，连戴官帽的头也没了！

一

野旷天低，乱云飞渡；残阳西坠，秋风瑟瑟。

剑戟森森的军帐外旌旗如云，遮天蔽日，漫天黄沙夹杂着边地沉雷般的战鼓隆隆掠过苍茫暮色。铁骑嘶鸣，凄清哀婉的胡笳如泣如诉，袅袅飘荡于随风起伏的烽火狼烟……

黄昏鼓角里，秋水长天下，幽州台（今北京市大兴区境内蓟北楼）上传来一种慷慨悲凉的歌吟之声：

前不见古人，

后不见来者，

念天地之悠悠，

独怆然而涕下……

武则天通天元年（公元 696 年），一位衣冠似雪的青年男子登上幽州台（今北京大兴），慷慨悲凉地吟唱出这首苍茫奔放的千古佳作。一曲既罢，山河肃立，他仰首问天，热泪横流。

多少年来，我无数次想象这位伟大的前辈乡贤陈子昂写下这首悲怆中激荡豪情的名篇时，究竟是怎样的一番心境？人生到底要经历怎样的波澜壮阔、沧桑涉世，才能有这一番天地玄黄、宇宙洪荒般的悲欣感慨？我甚至无法想象，在我的家乡四川射洪那样一个偏远的丘陵小县，能诞生这样一位顶天立地的伟男子。他仰问苍穹的寥寥数语，便唱出了历代志士仁人壮志难酬的忧愤孤独，知遇难逢的旷代隐忍，时不我待的焦灼苦楚……

面对这位一千多年前曾叱咤文坛、蜚声四海的"一代文宗"，面对这位两度从军、勒马雄关的热血雄才，我始终执着于一个疑问：若以立功、立德、立言的标准而论，陈子昂固为一代翘楚，然则通观古今，像他这样"上马击狂胡、下马草军书"的文武全才，历史上并不鲜见，何以唯独陈子昂独能赢得生前身后的千秋盛名，以至今天的射洪人提起陈子昂，可以那么骄傲地说出一句"千山景色此间有，万古书台别地无"？

千百年来，王旗变幻，战乱频仍，历史的天空总是迷漫着浓浓的烽火硝烟。一部博大浩渺的中华文明史，战争的马蹄响彻始终。这让多少中国文人梦想着仗剑倚笔，建功封侯，实现那荡气回肠的"千古文人英雄梦"。而多少血色人生的大幕，又正是在这辉煌的理想与荒唐的壮丽中悄然拉开。

陈子昂，这位初唐杰出的诗人和政治家，就是一个极具代表性的缩影似人物。他不仅以豪迈俊逸、悲壮慷慨的艺术风格掀起一场雷霆万钧的诗歌革命，如精钢之剑，寒光闪烁，一扫六朝颓风，开风气之先，更以忠、义、豪、侠的人格精神，将一场"季子正年少，匹马黑貂裘"的英雄梦想演绎得荡气回肠、山河增色。他经历曲折多变，思想错综复杂，终其一生都是在奋身报国的豪情与壮志难伸的苦旅中漫漫求索。在繁星满天浩茫无际的唐代文学广宇中，沿着陈子昂坎坷的心路历程摸索前行，你就走近了唐朝那个诗歌鼎盛的浪漫国度，走近了那个

"菊花古剑和酒"的巨星荟萃的群体，走近了中国文人们悲天悯人博大情怀，与忘身报国的艰难跋涉……

二

金华山读书台，是陈子昂幡然自省的转折点，也是他人生命运的出发地。

陈子昂，字伯玉，梓州射洪（今四川射洪）人。他出身庶族地主家庭，其祖辈既习儒业，又兼采诸家杂说；既好慷慨任侠，又喜学道求仙。西汉陈平就是陈子昂的二十八代世祖。楚汉交争时，陈平辅佐汉高祖刘邦，六出奇计，拜相封侯，这种由布衣直取卿相的道路，养成了陈氏家族不甘寂寞、待时而动、建功立业的传统，更是陈子昂积极用世精神的重要来源。其父元敬，年二十即以豪侠重义闻名乡里，某年大饥，曾"一朝散万钟之粟而不求报，于是远近归之，若龟鱼之赴渊"。这种宽宏博爱的家风给子昂以深刻的影响，也为他后来传奇的一生埋下了伏笔。

世为豪族，家境殷实，少年时代的子昂"驰侠使气，年十七八未知书"，意气用事，狂放不羁。有一次他和一帮游手好闲的小兄弟到当地县学游玩，耳闻目睹莘莘学子寒窗苦读，穷经皓首，而自己却枉负青春，放任自流，顿时羞愧难当，感悟良深。遂慨然立志，谢绝门客发愤求学。"自在不成人，成人不自在"，他天资聪敏，奇杰过人，数年之内便遍读百书，学业精进。

今天已经无法考证这个"神话叙事"的真实性，但纵观陈子昂一生，他确实绝非那种只知读死书、求功名的迂儒——不鸣则已、一鸣惊人的激情壮志，贯穿了他的前半生。少年子昂心雄万夫，胸怀浩宇，立定了经天纬地，兼济众生的志向。先祖陈平建功立业的秘诀，是出奇制胜的纵横之术。陈子昂决意继承发扬陈家的这一家学渊源，于是刻苦研究王霸大略、经世之学。他广泛涉猎经史百家，考察历代兴亡之根本，研习安邦治国之良术。诚如其后来在《谏政理书》中所言："少好三皇五帝霸王之经，历观丘坟，旁览代史，原其政理，察其兴亡。"

然而尽管"少好纵横术，游楚复游燕"，但要跻身仕途，还必须从头开始，走科举之途。可仕途多舛，命运莫测。二十一岁那年，意气风发的子昂毅然离乡背井，远游他乡，入长安太学深造。第二年陈子昂踌躇满志，马不停蹄地赴东都洛阳，参试进士，却意外地以落第告终。反而是那些诗文不及他，但有门路的人，进士及第，春风得意。初试锋芒，即遭科场失意，这对一心要翱翔九天的子昂，自然是一个不小的打击。少年初识愁滋味，寒星寥落的夜晚，他倍感冷寂，发出了"今成转蓬去，叹息复何言"的感伤。

一盆冷水，浇得陈子昂清醒了不少。他意识到，想跃龙门的人太多了，若想出人头地，光有实力不行，还需要技巧，引起社会关注才行。可是，在洛阳举目无亲，这可怎么办呢？

一日，他在城中闲逛，忽见路边围着一群人。挤进去一看，原来是个卖胡琴的。那把胡琴样子一般，价格却高得离谱，竟要一百万钱！围观者中达官贵人不少，但都被这个价格惊得直咂舌：乖乖，这是什么琴呀？卖这么多钱？

看着众人的神情，陈子昂灵机一动，当即挤上前去，对卖琴的说，我出一百万钱，买下你这把琴！众人大惊，忙问他为何肯出如此高价。陈子昂说，我懂琴识琴，这把胡琴与众不同，能演奏出仙乐一样的曲子。如若不信，咱们约定一个地方，明日到我那里演奏，让大家瞧瞧。

一百万买胡琴，自然惊世骇俗，轰动京师。第二天，陈子昂的住宅里，人头攒动，名流云集，都想听听价值一百万的胡琴究竟能奏出什么仙乐来。正当众人翘首以待时，陈子昂腾地站起，举起那把琴，语调激愤地说：我陈子昂自蜀入东都，携诗文百轴，四处求告，竟无人赏识！这种乐器乃低贱乐工所用，吾辈岂能弹之？！说罢，奋力一掷，那把千金之琴，顿时粉身碎骨。

众人目瞪口呆，未及回神，陈子昂早已拿出诗文，分赠给大家。人们惊骇之下，仔细阅读他的诗文，觉得余香满口，高格独标，大气逼人，文采四溢，"雅有子云、相如之风"，其文被人四处传抄，街头巷尾诵读不息，甚至被人辗转抄就，远售他方。当时就有幽人王适见而惊呼："此子必为文宗矣！"

放到现在，陈子昂这招"千金碎琴"，完全可以记入吉尼斯世界纪录"最成功的文化广告"。仅就其推介创意而言，其气魄与其诗不相上下，堪称妙笔。关于炒作，古而有之。何满子曾将其分为自炒、互炒、他炒。如战国有毛遂自荐的自炒，东汉大批名士"激扬生名，互相提拂"的互炒，宋有欧阳修炒苏轼的"当避此一人，放出一头地"的他炒。但"策划"之外，更重要的是实力。陈子昂后来成为唐朝诗歌革新运动的启蒙者，灿若星辰的唐诗开路先锋，如果他没有妙手文章，仅凭炒作热闹，转眼之间就会烟消云散。君不见多少当代"网红"虽靠名声丢人、靠名气混世，最后还不是昙花一现，转瞬成空？

言归正传。两年后（684年），子昂再度出山，果然射策高第、一举成名。从此开始了他刚直果敢、为民请命的宦途生涯。"明月隐高树，长河没晓天。悠悠洛阳道，此会在何年？"在他这年写下的《春夜别友人》一诗里，可以看到年方二十六岁的陈子昂告别家乡，奔赴东都洛阳时，射洪的友人们在一个温馨的夜晚设宴欢送他的情形。陈子昂向来以诗风峥嵘、苍劲有力著称，但此诗结尾四句却不由兴起不知何年何月再能相聚之感，流露出前途莫测的隐隐哀愁。

陈昂赴任后，其时适逢高宗崩于洛阳，大臣们为送不送皇帝的灵柩回长安而争论不休。子昂上《谏灵驾入京书》，认为洛阳西去长安，路途遥远，扶柩回京，劳民伤财，与其大费周折送先帝灵柩回长安，不如就近葬于洛阳。

当时已由武则天主政，她看了后大加赞扬，欣赏备至，立即召其问政。当谈及王霸大业、君臣关系时，子昂语声慷慨，从容应答，见解独到，入木三分，说到了武后的心坎上。她赞扬道："梓州人陈子昂，地籍英灵，文称伟煜"，不久任命他为麟台（即秘书省）正字。这麟台正字，相当于现在的中央秘书局官员，专管国家机密文件。官虽不大，却有机会接近国家首脑，升迁的概率很高。

"朝为田舍郎，暮登天子堂"，这是多少读书人梦寐以求的人生理想。唯有陈子昂幸运地中此"头彩"，千载以来多少中国文人都梦想仗剑倚笔，建功封侯。唯有陈子昂年纪轻轻就早早地获得了这样难得的平台和机会。他二十四岁便高中进士，武则天三次召见他"廷问政要"，陈子昂也极受鼓舞，把武则天看作"非常之主"，准备一展其才，进"非常之策"。

当是时也，陈子昂可谓春风得意，壮志飞扬，认为实现自己大济苍生的宏伟理想指日可待，对匡君治国、拜将封侯满怀信心。他暗下决心，若不遂愿，宁愿弃官归隐，绝不随世俗沉浮——

"不然拂衣去，归从海上鸥。宁随当代子，倾侧且沉浮！"

然而没有想到，这既是一个顶天立地的文人铁骨铮铮的入世宣言，也成为他后来孤愤隐退的不幸谶语。眼看仕途就将进入快车道，陈子昂却偏偏驶入了三岔口。他不顾自己的锦绣前程，上书论政"言多切直"，对当时种种苛政弊端毫不留情地批判直陈，每每直触龙鳞，颇令武后不快：在诬陷横行、偶语弃市的恐怖年代，陈子昂言天下之不敢言，谏阻批评武则天的特务统治；在举国狂热的佞佛浪潮中，陈子昂尖锐抨击武则天的佞佛奢侈；武则天于如意元年（692 年）"禁天下屠杀及捕鱼虾"，换取不杀生的美名，以致江淮旱饥民众"饿死者甚众"，陈子昂无比愤怒地谴责武则天的这种虚伪举动是"矜智道愈昏"！

这一时期，他怀着"太平之化"的愿望，屡次上疏，就当时的政治、经济、军事等问题提出了一系列深刻鲜明的主张。从他的许多政论奏疏中，我们可以看到他洞察国家安危的远见，关怀人民疾苦的热情。他痛陈时弊，直言利害，大声呼吁关心民间疾苦，坚决反对无名征伐；严词抨击滥用酷刑，竭力主张任用贤能……这对当时缓和各种矛盾，使国家长治久安，都不失为切实可行的良策。

陈子昂的政治胆略和远见，历来为后人所称道。司马光曾称赞他的谏书"辞婉意切，其论甚美"，王夫之《读通鉴论》认为陈子昂"非但文士之选"，而且是"大臣"之才。连号称"千古一帝"的康熙皇帝读了他的奏疏，也不禁盛赞其"良有远识"，"洞达人情，可谓经国之言"。

陈子昂恪尽职守，不仅忠于"秘书"职责，还不断地挑武后的毛病，不停地给她提意见。他觉得武后既然能提拔自己当官，证明她是个有眼力、有气度的人，挑挑她的毛病不打紧。一开始，武后还是很赏识陈子昂的。对于他的建议，她即便不采纳，也要从言语上安慰两句，以示鼓励。对此，陈子昂十分感激。在内心里，他把武后当成知音，希冀依靠她来施展自己的宏图大愿。690年，武后在洛阳应天门举行大典，改国号为"周"，摇身成为则天女皇。为此，陈子昂还专门写了《大周受命颂表》，对武则天歌功颂德，以表支持。武则天龙颜大悦。

但生性耿直的陈子昂，却没有注意到武后脸色的变化。他对武则天统治集团的种种苛政弊端毫不留情地予以揭露批判，武则天渐渐不高兴了，对于陈子昂呕心沥血写就的奏疏，往往只是冷淡地"奏闻辄罢"，对他本人更是日益疏远。陈子昂居官十四载，"同游英俊人，多秉辅佐权"，而他最后只当了个右拾遗，官卑职小，人微言轻，自我价值和社会价值都无从实现，终生"居职不乐"。

书生陈子昂当然看不出来，武则天坐上龙椅之后，性情大变。"龙心"难测，她信用酷吏，滥杀无辜，激起了民众的强烈不满。陈子昂既不忍民众受疾苦，更不忍"知音"陷入迷途，他几次三番上书直谏，武则天却总是一脸愠色，置之不理。一次，武则天计划开凿蜀山，借道攻击生羌族，陈子昂又上书反对。在《上蜀川安危事》的奏疏中，他对诸羌的进犯感到忧虑，对蜀川人民"失业""逃亡"深表同情。武则天这回真生气了，下了道圣旨，罢免了陈子昂的官职。丢了官的陈子昂仍不消停，还是一有机会就给武则天写信，针砭时弊。不料忠而见疑，他居然受谗被诬"坐逆党陷狱"。

陈子昂的悲剧是千古文人共同的悲剧。他们年轻时风华正茂，满腹诗书，一腔抱负，如同剑在匣中，待时而出。他们胸中洋溢着一股生命的激情，希望佐明君，匡江山，扶社稷，建不朽之功业，留万古之盛名。你只要看看几十年后李太白写下的诗句就会明白：仰天大笑出门去，我辈岂是蓬蒿人。多狂啊！这一年太白已是四十多岁了，他以为腾飞的时日终于到来，不禁欣喜若狂，其实唐玄宗早就给他定了位："翰林待诏"——御用文人。李太白还算幸运，当他像孙悟空最终明白玉皇大帝封的"弼马温"是什么玩意儿后，立即拂袖而去，悠游四海，不伺候不识货的皇帝老倌了。而陈子昂就没这个好命了，他的一支笔虽然可以扫尽六朝的颓靡之风，但在武氏王朝的棋盘上，他仍然只不过是一颗无足轻重的棋子而已。

在狱中，陈子昂开始认真"面壁思过"，反思自己的"错误"。但想来想去，仍想不明白，自己满腔赤诚，怎会被认作谋逆？最后，他弄清楚了一个道理：这世上根本没有什么所谓的知音，武后也从来没有把我当成一回事，我陈子昂是孤独的，也是可悲的。这个唐朝诗人，生在中国古代最繁华的朝代，身边却一片荒芜，没有知音；花儿不曾开，幸福不曾来，一手遮天的武则天，消受不起他的忠言直谏，使他的一腔报国志，化为一江东流水；真正能够理解他的人，不是死得太早，就是生得太迟，他的生命与才华，眼睁睁地与那个时代失之交臂！

孤独的陈子昂，无奈的陈子昂。

历经一年折磨才真相大白，陈子昂被释出狱，官复原职。此时，尽管他一再遇挫，"私有挂冠之意"，但此人毕竟是书生，"感时思报国，拔剑起蒿莱"的赤子之心丝毫未减。他在《谢免罪表》中激昂大义、豪气冲天地写道："臣请来身塞上，奋兵贼庭，效一卒之力，答再生之赐。"

自出仕以来，子昂生活几遇不幸，前途一片渺茫，内心的苦闷与惶惑纵有千言，更与何人说？但一念及外患边仇，他仍情不自禁地拍案而起，恨不能即刻横刀立马，系虏邀功——在中国历史上，这样的文人身影多么熟悉。

这绝非子昂一时书生意气，心血来潮的诳语。696年，契丹在营州发动叛乱，一路攻城陷地，焚杀掳掠，直逼幽州。建安郡王武攸宜率军东征。其时朝廷大员多在军中，陈子昂奉命随军参谋。军队里的大官都是武则天家族的人，无才无德，屡吃败仗。那武攸宜根本不懂打仗，实属庸才一个。在他的指挥下，周军屡战屡败。前军王孝杰等相继败亡，全军震恐。在这安危成败的紧要关头，陈子昂急得头发都白了，数次劝武攸宜改变作战方案，真切实际地提出一系列整饬军威、严肃军纪的建议，以利再战。言辞恳切，感人肺腑，其忠其诚，天犹可鉴。

然而武攸宜向来只重视武力，轻视书生，对子昂的建议无动于衷，一笑了之。子昂尽管体弱多病，但报国情切，兼之想到自己身为近侍官，参与军机出谋划策，岂能苟图生死敷衍应付？于是不顾武攸宜反感，又多次提出建议，一次比一次峻切。最后，子昂奋勇挺身而出，以一介书生之弱躯，自请带领万人为前驱，组成一支"敢死队"，冲锋陷阵，以破顽敌。不料刚愎自用的武攸宜顿时恼羞成怒，认为陈子昂这是看不起他，一怒之下将他贬为军曹，只兼管文书而已。

早年的子昂曾在《送魏大从军》中豪情万丈地尽抒胸臆："勿使燕然上，惟留汉将功！"而如今遍尝磨难，屡经风霜，纵有以身殉国之志，却无报国赴死之门！个中辛酸，谁人知晓？追古抚今，想到知能善任的燕昭王重用乐毅，而自己满腔热忱却屡遭贬斥，天苍苍，地茫茫，当陈子昂登临幽州台那一刻，心中久久被压抑的情感汹涌而出。俯仰今古，瞻望未来，一种生不逢时、理想无法实现的痛苦和悲哀，奔溢胸外，泪湿衣襟。面对着无边无际的苍天、空旷无际的四野，他喊出心中抱负难施的寂寞、难酬壮志的怨怼——

"前不见古人，后不见来者。念天地之悠悠，独怆然而涕下！"

纵观古往今来，放眼历史长河，没有人不切身感到天地之悠远，人生之短促。这是悠悠沧桑、时空流转的人生悲叹，这是永恒千古的洪钟巨音、怆泪绝响！这呐喊，激愤中渗出万端悲哀无奈；这呐喊，风雅中透出一腔热血豪情。陈子昂从悲怆的歌吟一路走来，眉宇间依然蕴蓄着一股积极奋发欲有所为的豪气，才使千古以来读过此诗的人怦然心动。

怀着满腔壮志未酬的幽愤，子昂终于做出了最后抉择。万岁通天二年七月，军罢还朝，正值壮年的他以父老当侍为由，去官返里，寂然归隐，栖居故乡，"于射洪西山构茅宇数十间，种树采药以为养"。天子怜其才，仍以右拾遗之职供俸。朝廷批准他带薪休假。实际上子昂家累巨万，并不少这几块钱俸禄。但是这对子昂来说，也是一种安慰吧。回乡后他深痛史籍繁杂，准备着手将汉唐以来的历史写成《后史记》，刚刚拟定纲目，其父病故。子昂事亲至孝，悲哀号泣不绝，瘦损如柴。

这个时候，子昂的子侄辈已把家里的生意做得更大了。根据唐诗研究专家的说法，李太白家也是个经商大户。在长江沿岸均设有太白家的商号或货栈。正是凭借如此雄厚的实力，李太白才实现了"五岳寻仙不辞远，一生好入名山游"的理想。陈子昂家的情况，与此也是差不多的。当时的射洪县令段简，听说陈家如此富有，不免垂涎三尺。人无歪财不富，马无夜草不肥。县令段简抓住了陈子昂的小辫子，不断施加压力，勒索财富。

无可奈何情况下，陈家人给段县令送了二十万缗。一缗就是一千文铜钱。二十万缗合算成人民币估计在一千万元左右。如此大的贿赂，县令段简犹嫌不足，还是把子昂捕送狱中。入狱之前，子昂给自己占了一卦，卦成，子昂惊道："老天不祐，我命绝矣！"子昂本就羸弱多病，忧惧过度，以至于拄杖难行。久视元年（700年），子昂终于忧愤而卒，享年仅四十二岁。一代文星，竟然因财见杀，不得善终，连死也有"前不见古人，后不见来者"的味道。

一颗光耀华夏的巨星，就这样匆匆划过初唐的天空，含冤陨落了。陈子昂生前那么心雄万夫，超然尘俗，不料却死得这么不明不白，真是令人心酸的千古悲剧！

三

从千翠含芳、万树吐绿的射洪城北金华山拾级而上，去瞻仰陈子昂古读书台，云影当空、清风扫地的山门外，一副联赫然入目："亭台不落匡山后，杖策曾经工部来。"在我们家乡射洪，这可以说是一副妇孺皆知、脱口成诵的对联。这是指杜甫当年流寓东川时，不顾年迈体衰，专程赴射洪探访这位他深怀敬仰的文坛先驱的故地，并作诗数首。其中《陈拾遗故宅》称颂子昂："有才继骚雅，哲匠不比肩。公生扬马后，名与日月悬……"（金华山杜甫手书《野望》《冬到金华山观得陈公学堂遗址》二诗题刻，还是唯一至今留存于世的杜甫手迹，具有极高的文物价值）。杜甫盛赞这位世交前辈的傲世文才，倾慕他的无私品行，并为他的含冤殒命痛感伤悼。

步入陈子昂生平资料陈列馆，自唐至清历代著名诗人和评论家对他的充分肯定及高度评价历历在目：李白称子昂为"麟凤"；韩愈说"国朝盛文章，子昂始高蹈"；朱熹云"余读陈子昂诗，爱其旨幽邃，音节豪宕，非当世词人所及"……子昂诗作仅存一百二十多首，却被誉为"唐之诗祖"。他对唐代文学的革新发展，产生了深远影响，做出了重要贡献，在唐代以至整个中国古代文学史上都占有相当突出的地位。人们对他在唐诗发展上的功绩无不高肯定。

继"初唐四杰"之后，陈子昂第一个高高扛起了诗界革命的大旗。陈子昂著名的《修竹篇序》在唐诗发展史上，像一篇宣言，标志着唐代诗风的革新和转变。他公开反对"采丽竞繁"的六朝诗风，明确主张"汉魏风骨"为正始之音。他的诗昂扬激越、质朴雄浑，完全改变了齐梁以来的绮艳诗风，对端正当时的诗歌发展方向起了重大作用，为盛唐诗歌的繁荣做了准备。后世流芳千古的李、杜，均从子昂的振臂一呼初开先河中受到了广泛而直接的影响。

子昂的诗风格多样：有的寄兴幽婉，有的述情慷慨，有的雄浑沉郁，有的悲壮苍凉；他继承建安风骨，不屑雕琢，其作遒劲刚健，题材广泛：或直接讽刺时政，感慨悲怀；或渴望挺身急难，为国安边；或抒发壮志不酬的愤激，或寄寓生不逢时的悲哀……在他的代表作之一

《感遇》诗三十八首里，你可以充分领略他献身报国的激情和遭遇挫折的忧愤，仿佛看到他尽情地展开天才的想象翅膀，一会儿乘着骏马纵情奔驰于广袤无垠的原野，一会儿变成雄鹰展翅高翔于幽远的苍穹，一会儿化作疾风迫近岱岳的巅峰……千百年后，扑面而来的精魂傲气中，你依然可以如此清晰地感受到一个佼佼不群、卓然屹立、才情奔放、雄视华夏的陈子昂！

尤其是陈子昂沧海横流力透纸背的《登幽州台歌》（即篇首所述）更是独撑万代风骚。据他的挚友卢藏用所作《陈氏别传》说，子昂赋《蓟丘览古》七首后，"乃泫然流涕而歌"。诗中子昂把剑空叹息，幽寂登古城，眺望苍茫寥廓的宇宙，回想眼前这片辽阔土地古往今来的万年沧桑，念及自己命运多舛，半生坎坷，不禁悲从中来，不可抑止——"前不见古人，后不见来者……"这屈指可数的二十二字短歌，用长短不齐的句法，苍劲奔放的语言，抑扬变化的音节，慷慨悲凉的调子，充溢着诗人缅怀前贤、吊古伤今的激情；交织满天地无穷、人生无常的慨叹；爆发出志不获骋、报国无门的悲凉……多少年来，不知引起多少怀才不遇的志士仁人扼腕长叹、由衷共鸣！清人黄周星说："此二十二字，真可以泣鬼神"。

汉语言的精深传神，在子昂的一声长吁中淋漓尽致！

四

我最敬仰的还是子昂光照千秋的伟大人格。

唐帝国是在隋末农民起义的基础上建立的。它的统治者由于亲眼看到了农民起义的巨大威力，深受震撼。他们认识到水能"载"舟也能"覆"舟的道理后，吸取隋朝二世亡国的教训，制定了一系列缓和阶级矛盾、恢复发展生产的有力措施，使得唐朝在经济繁荣与社会稳定的良性循环中迅速强大起来。在武则天当政的初唐盛世，陈子昂步入仕途，应该说在当时还算是"生正逢时"的。

子昂二十一岁即从一个名不见经传的川北小县杀出，凭着满腹才情，"历抵群公"，名噪京华；二十五岁即得最高统治者武则天赏识，封官从仕，斯为幸矣——

后世李白二十六岁"仗剑去国，辞亲远游"，直到四十二岁（743年）那年才有幸谒见乐于奖掖后人的荆州刺史韩朝宗，以求"收名定价""扬眉吐气""激昂青云"，结果仍是一官半职也没捞到，无功而返；至于"举家食粥常赊酒"，一辈子靠"蹭"朋友的饭过活，瑟缩在破茅屋中大骂"朱门酒肉臭"的杜甫，与当时年纪轻轻就处于"二梯队"的子昂就更不可同日而语了：很简单，杜甫后来献给玄宗"三大礼赋"（《朝献太清宫赋》《朝享太庙赋》《有事南郊赋》），也只是为了混一顿饱饭而已，纵如此这也成为老杜一生津津乐道的骄傲。

另外，子昂还适逢另一种难得机遇：当时唐初诸帝因天下方定，日显太平，对文学事业本身相当重视。至武后时，引入禁殿的文士儒臣、宫廷诗人之众，更是盛况空前；武后甚至还多次亲自操刀，"发表作品"（**事实上她多数诗文都出自其文学侍从元万顷等辈之手。不过其如此好尚文学，实属难能**）。其时天子稍有兴致，便要赋诗宴乐。大批文人无不趋之若鹜，尽兴陪欢，以附庸风雅、虚饰太平，并纷纷因此受尽恩宠，加官晋爵。

此种雅风之盛，对于才华横溢下笔如神，早得武后赏识的子昂，真可谓是千载难逢的歌功颂德的邀宠良机啊！

　　然而此时他壮怀激烈，雄视天下，"慨然抚长剑，济世岂邀名"，毫不犹豫地选择了另一条道路：远离争名夺利、蝇营狗苟，一心匡政治国、犯颜直谏！读书人的知音，只能是读书人。可环顾左右，无非是如沈佺期、宋之问一般的庸俗之人，他们只会阿谀奉承，应制作诗。他们写的那些所谓的诗，他陈子昂根本就不屑一看。

　　令人不解的是，自古至今，人们对陈子昂在唐代文学史上的崇高地位多无异议，至于论及陈子昂与武周政权之关系，则褒贬不一，大相径庭。《新唐书》首先对陈子昂的人格提出质疑，清代王士禛则指斥子昂"真无忌惮之小人"，甚至认为子昂之死罪有应得。综合起来，主要是说"子昂之忠义，忠义于武氏者也，其为唐之小人无疑也"（《养一斋诗话》卷一）。另一派坚持为陈子昂平反，说陈子昂之"谏说武后"实"为唐室谋深"，竭力证明陈子昂是"忠唐"派，其心如同狄仁杰一样。清人王夫之还一方面尽力搜罗陈子昂"反武"事迹，另一方面说"武氏虽怀滔天之恶，抑何尝不可秉正以抑其妄"，为陈子昂开脱。他的好友卢藏用评价他说："道丧五百岁而得陈君"。

其实论争的双方都陷于中国几千年来斩不断、理还乱的"家国情结"，以封建正统观为标准，用道德激情批判陈子昂去效忠"谋逆篡位"的武则天。武则天是否"明主"，子昂是否"愚忠"？其实早有公论。就是与陈子昂同时代的人如卢藏用，盛唐人如杜甫、李白，中晚唐人如韩愈、白居易、皮日休、陆龟蒙等等，也没有认为陈子昂是唐室的叛臣和小人。所谓的"忠君"思想是随着宋儒理学的兴起才被强调的，宋元明清的儒生以己之观念加于子昂身上，自然得不出准确中肯的结论了。再说，陈子昂当时觉得武后系千载难遇之明主，"非常之主"，值得效忠，武后对他也有知遇之恩，他也应该效忠。

不可否认，初登龙门的子昂，开始时也是怀有浓厚的功名思想的。他所上一连串谏书包含有博取信赏、以期封侯的成分（作为一个封建文人，这本身似也无可厚非）。但在后来屡遭冷遇、诬陷甚至迫害的情况下，他依然三思方举步、百折不回头，为民请命，直犯"龙颜"，这在党羽遍布、大兴冤狱、鼓励告密、宠任酷吏，以铁血集权方式维护自己统治的则天时代，需要多么巨大的勇气和人格力量啊！

事实上，他的两度入狱，几遭排斥，不被重用，与他这种屡屡"犯上"，再三直谏则天弊政是密切相关的——《新唐书·陈子昂传》就对此做出了确证。但这个"不识时务"的家伙哪怕是受尽了黑牢之苦，好不容易才重见天日后，还是管不住自己那张"祸从口出"的嘴：居然敢在统率千军并深得则天女皇宠信的武攸宜面前，一而再再而三地指手画脚。面对前军的失败，作为一个小小的参谋，他却心急如焚，恨不得以头抢地，拼死进谏。直到被贬为军曹小官，一边歇了，再也没有发言权才无奈罢休。

中国古代固然不乏"头触龙庭"，冒死直谏的官儿，可说到底又有几个皇帝老倌有闲心听你瞎扯，不认为"朕即真理"？又有几个拿命去摸"老虎屁股"的老夫子，不落得个以忠谏为借，"哗众取宠，广结朋党，联名上书，欺君罔上"的不赦之罪？最终不但头上的官帽没了，连戴官帽的头也没了！何况以子昂初入仕途的春风得意，以他闻名遐迩的满腹文章和运筹帷幄的雄才大略，这样极有培养前途的"青年干部"步步高升，青云直上，乃应有之义，何须杞人忧天、屡犯"天威"？

但这个一根肠子通到底的书呆子，被武则天几句微笑（老夫子，你没见那是皮笑肉不笑哪！）表扬就搞得不知斤两了：一会儿上《谏政理书》，呼吁关心民间疾苦，反对横征暴敛（身着罗绮的女皇背后肯定会说难道你叫老娘自个儿去养蚕？）；一会儿上《申宗入冤狱书》，为孤囚怨犯申冤鸣屈，劝武后不要滥杀无辜（一怒百威的女皇难保不咬牙切齿：要是我用口水去教化那些头长反骨的人，不等张嘴，他们的剑就刺进了我的胸膛！）；最讨厌的是这个多嘴的家伙居然敢上《请措刑科》《答制问事》，差点儿指着武后的鼻子说什么用刑过滥，"非太平安人之务"；用人上"若外有信贤之名，而内实有疑贤之心，臣窃谓神皇虽日得百贤，终是无益"（女皇此时肯定会和蔼地哈哈大笑，都能用你这种狗肚子里装不下二两芝麻油的憨货，我这龙床就不愁睡不安稳啦——十个奴才，都比一个雄才少让人闹心哟！）。

但我还是深爱这位老乡一千多年前就有的这种"瓜"。

大道无术，大象无形，是一个真正大写的人，一个苍生挚爱的人，才能具备他这种"瓜"——即使他"瓜"到后来只知一个人可怜兮兮地跑到幽州城外那个高台上去悄悄抹眼泪……

悲哉，子昂！

壮哉，子昂！

五

一旦烽火四起，边地告急，中国文人们比谁都热血汹涌，激情澎湃，一个个摩拳擦掌，牙齿咬得咯咯响，人人瞪绿眼睛叫道饿了要喝匈奴血，渴了就吃胡虏肉！

——"离魂莫惆怅，看取宝刀雄！"

——"宁为百夫长，胜作一书生！"

——"黄沙百战穿金甲，不破楼兰誓不还！"

——"孰知不向边庭苦，纵死犹闻侠骨香！"

…………

由不得人不豪情如海。

但都是说说而已。

"秀才造反，三年不成"，谁指望握毛笔的手去扛大刀呢？就是吹牛说"当年万里觅封侯，匹马戍梁州"的陆游，也只落得个"胡未灭，鬓先秋，泪空流"；"壮岁旌旗拥万夫"的辛弃疾够厉害了吧，敢以五十之众，闯进十面埋伏的金营生擒张安国，并带回万余人马投归南宋——结果呢？只想找个小女子，帮他擦眼泪。最后连"万字平戎策"，也拿去"换得东家种树书"了。惨。

所以还是李白们聪明。战火初燃，他们一样铁血汹涌。但一当年光过尽，功名未立，书生老去，机会不来，他们就知难身退了：要么结庐山涧，狂歌纵酒；要么依附权者，聊慰浮生；要么迎风洒泪，悲古伤今……既然不能大展宏图，为国效力，那只怪生不逢时，未遇明主，才落得空怀宝剑，报国无门。那就该"仰天大笑出门去"，因为唐时文人们最流行也最重要生活节目之一就是离家远行，漫游四方。

唐代有成就的诗人，几乎都有相似的漫游经历。当时交通发达，社会安定，"虽行万里，兵不血刃"，因而文人们旅食各地、四海为家蔚然成风。连一生潦倒的杜甫，也曾有四次漫游天下的经历。

综上所述，世为豪族，又本生性浪漫的陈子昂就更有理由去远游他乡、专心从文了。这样不仅可以开阔视野，广交豪杰，还可以扩大影响，以利出仕。那样的话，他流传万世的经典之作就远不止我们现在看到的这些了。

但子昂却又一次选择了截然相反的道路：他短暂一生的大部分时间和精力，都扑在了固边守土的大业上，而且尽管戎马倥偬的岁月让他奔忙一生，一无所获，他还是屡败屡战，痴心不改。这是他在众多文人中卓尔不群的一个显著特征。

则天时代的边患相当严重，突厥、吐蕃连年入侵。唐统治者一方面未能采取正确有效的措施及时遏止，另一方面也发动过一些师出无名的黩武战争，使人民饱受痛苦。"少小虽非投笔吏，论功还欲长请缨"，这时候的文人们是最坐不住的了。子昂也曾满怀激情地写下了"孤剑将何托，长谣塞上风"这样豪迈的诗句，表达自己急盼驰骋边塞、建功立业的雄心。但他更多的却是将杀敌报国、平寇立功的壮志化作身先士卒、为国分忧的具体行动。他决然两度从军、安于独守清贫，把原本可以用来吟诗作赋、更上层楼的宝贵精力，都用来为安邦定国效犬马之劳：他入仕的第三年（686年）春，即随左补阙乔知之远征突厥。但朝廷只看重投机取巧的小人，对包括他在内的奋勇杀敌的戍边将士却充耳不闻，不加赏赐。归途中，他悲凉地唱道："每愤胡兵入，常为汉国羞。何知七十战，白首未封侯。"

尽管他对边功未赏深怀愤怨，但行装甫卸，征尘未洗，就不计个人得失，立即上书《为乔补阙论突厥书》，竭尽所能地为朝廷平定边患出谋划策，从遍观塞北山川地利的亲身经历出发，提出因地制宜，设兵屯田以制敌、"使中国之人得安枕而卧"的合理措施；687年，武则天要开凿蜀山取道雅州攻击无罪的羌人，他随即上《谏雅州讨生羌书》，全面反对这场师出无名妄动兵戈的不义之战；面对当时异族连年入寇，他走遍边防，洒尽汗水，实地察勘，连续上《上蜀川军事》《上军国利害事》《上西蕃边州安危事》等谏书，提出了许多切实可行的固边意见……他既力主平息外患，又反对穷兵黩武；他既熟谙行军用兵，又主动身先士卒；他既慨然把剑倚天，又心系苍生疾苦……

"宁知班定远，犹是一书生。"他一生饱受打击，忧谗畏讥，多少报国的热情都被一盆凉水浇透了心，成天闷闷不乐，数度辞官归隐。曾经有很长一段时间，他转而对佛理禅机、仙风道术产生浓厚兴趣，成天往来于庙堂古寺，沉醉于暮鼓晨钟，与当地高僧晖上人诗文互答，交流甚密，决意从此摆脱尘世喧嚣，隐居山林，学道求仙。

但他纵横计不就，慷慨志犹存，没有向世俗低头。退后一步，不过是养晦待时，他绝不甘心久隐。"臣每在山林，有愿朝廷，常恐没代而不见也"，后来这段自述就表明他当初已抱定了东山再起、效命朝廷的决心，"岂学书生辈，窗间老一经"！

在他身上，最集中地体现了古代士人忧在天前，乐于天后的爱国情怀。不同的是，他用剑的时间远胜于用笔的时间。

他身体力行了中国文人们横戈马上、建功边疆的浪漫理想。

最终他却失败了。但这样的结果又有什么重要呢？——就像后来李白在六十岁高龄，闻听李光弼率百万大军，抵抗史朝义，喜不自禁，请缨杀敌一样，我们看重的是一种精神。

这是中国文人们令人眼眶在刹那间情不自禁就潮湿了的精神。

——也是我们民族永远不能缺少的精神。

六

子昂的一生是说不完的。

政治上，他历经恩宠、冷遇、诬陷和迫害；思想上他兼有儒、道、释等复杂成分；行动上他从一开始便有慕道求仙的避世情结，但即使理想完全幻灭后，他依然关心民生，忧怀天下……

他的一生，两度无辜下狱，两次莫名被贬，三遭亲人哀丧，挫折打击更是不计其数，直至后来苦闷到再次沉湎于道术仙机，以期解脱，个人生活可谓不幸至矣！但他至死念念不忘的仍是国计民生，边防安危。贯穿他整个生命的，怎一个"愁"字了得！

他的眼泪，为谁而流呢？

射洪至今流传两个民间故事：

其一，陈子昂离开朝廷后，政敌武三思还不放过他，派人去射洪暗地叫县令段简陷害陈子昂。陈子昂性命不保的消息传到武则天女皇那里，武则天因爱陈子昂的才识，就派遣两位宫中女将火速赶到射洪县，命令段简释放陈子昂。当两位女将军奉诏来到射洪县境内涪江对岸时，突然乌天黑地，大雨倾盆，涪江河水暴涨，没法过渡。两位女将军焦急万分，但没有一点办法。几天过后，洪水退去了。女将军过河打听陈子昂的情况，才知陈子昂已在狱中被段简折磨死了。她们听到这个不幸的消息，悲痛万分，想到自己难以回朝复命，两人就投入江中自尽了。这个故事虽属传说，但我家乡的人们却认为真实。为了纪念这两位女将军，人们纷纷捐款请来能工巧匠，在女将军投江的山崖上，刻下了她们身穿铠甲，腰系佩剑的英武形象，并把这儿取名"将军碑"。现在，"将军碑"就立在金华山山脚下的涪江边上。

其二，陈子昂读书台的院子里，有一块臭石。相传为当时的射洪县令段简所变，只要一敲击石头就会散发出一股难闻的臭气来。据说此石原高 1.2 米，经多年来搬运敲击，现只有 0.6 米了。石头击之有臭，世间少闻，若任游人敲打，怕早就变成碎片了。

陈子昂冤死六十年后，他的家乡涪江上缓缓驶来一艘小船。一位长髯飘飘的老人站在船头，面色凝重，悲中吟道："陈公读书堂，石柱仄青苔。悲风为我起，激烈伤雄才。"

这个人是杜甫，此时是 762 年的冬天。大唐王朝在安史之乱的风烟中满目疮痍，摇摇欲坠了。

国家不幸诗家幸。异代不同时，问如此江山，龙蟠虎卧几诗客？岁月沧桑，惺惺相惜，同样满腹经纶，满腔抱负，仕途不顺的杜工部，站在陈子昂的读书台前，是否也增添了一腔"念天地之悠悠，独怆然而涕下"的感慨？

七

武则天时代造就了陈子昂，又是武则天时代扼杀了陈子昂。一代代君贤臣忠的佳话际遇，为何一次次演变为屡见不鲜的信而见疑、忠而被谤的悲剧？其实千载以来，答案如出一辙。正是南辕北辙的价值观，扼杀了千百年来无数个陈子昂：武则天要君临天下，巩固权力，必须和所有皇帝一样内用刑名，外示儒术；陈子昂毕生坚守儒家信念，以为"太平之化"首在与民休息，宽松为本，其以儒家的"王者之术"去劝谏顺我者昌、逆我者亡的武则天，真可谓是"烧香找错了庙门"。

在一个只容许奴隶立身的王朝，陈子昂却幻想"站着就把官做了"，岂非缘木求鱼？当他无视开明与专制的界限，一再踏入统治者的思想禁区，悲剧便已悄然迫近了。在"君权至上"的专制社会里，任何人的实际价值都是由封建权力决定的。"学成文武艺，货与帝王家"，你这"文武艺"价值几何，不取决于自身本事高低，乃在于帝王是否识你的"货"，说白了就是取决于大大小小的"皇帝"们的好恶。连孔子当年自称"我待贾者也"，四处游说列国，也没能够"推销"掉自己。

陈子昂既迫切希望在政治舞台上建功立业，同时又极度鄙视那些潜身缩首、逢迎求官的小人，试图坚持为民请命的社会良心，如他自己所说"披肝沥胆，不知忌讳"。理想与现实的冲突，使悲剧成为必然。陈子昂的悲剧，凝聚着三重冲突：统治者的"治统"与士大夫的"道统"之冲突，封建王朝"家天下"与文人理想"大天下"的冲突，历代皇帝"外儒内法"与孔门弟子"儒道仁政"的冲突。

这些冲突的最终结果，就是鲁迅在《隔膜》中所说："奴隶只能奉行，不许言议……譬如说：主子，您这袍角有些儿破了，拖下去怕更要破烂，还是补一补好。尽言者方自以为在尽忠，而其实却犯了罪……倘自以为是忠而获咎，那不过是自己的糊涂。"

不过我仍在想，历史最后证明究竟是陈子昂输了，还是武则天输了？

后来，当李商隐写下"向晚意不适，驱车登古原。夕阳无限好，只是近黄昏"这首献给晚唐帝国日薄西山的凄美挽歌，充满了多少盛世难再的悲悼无奈，一咏三叹？这时再看一下陈子昂当年的忠言逆耳，总让我想起明末以后的士人在追怀忠臣袁崇焕时所写的那副深切的挽联："万古大明一抔土，春风下马独沾巾。"

而陈子昂呢，他从此熠熠生辉地活在青史之中。他一生虽以右拾遗的八品小官收场，但专为帝王将相作家谱的"正史"两唐书也掩不住他的光耀，给他以超越许多王侯将相的重要地位；而《资治通鉴》引用这个八品小官的奏疏竟达六处之多！陈子昂一生始终维护着国家的安定与统一，关怀着人民的风雨疾苦。他那正直耿介的胸怀、奋不顾身的胆略以及洞察国家安危的政治远见，从此广为后人所称道。

今天的金华山陈子昂全身玉石像前，那副耐人寻味的对联，就是对他最好的盖棺定论："所读何书，尚有遗篇传墨翟；其人如玉，无须后辈铸黄金。"正如陶渊明有南山，梭罗有瓦尔顿湖，高更有塔希提岛，陈子昂能够拥有这座纪念碑般的读书台，斯愿足矣！

纸上的李白

祝　勇

　　魏晋固然出了很多英雄豪杰、很多名士怪才，但总的来讲，他们的内心是幽咽曲折的，唯有唐朝，呈现出空前浩大的时代气象，似乎每一个人，都有勇气独自面对无穷的时空。有的时候，是人大于时代，魏晋就是这样，到了大唐，人和时代，彼此成就。

写诗的理由完全消失

这时我写诗

————顾城

一

很多年中，我都想写李白，写他唯一存世的书法真迹《上阳台帖》。

我去了西安，没有遇见李白，也没有看见长安。

长安与我，隔着岁月的荒凉。

岁月篡改了大地上的事物。

我无法确认，他曾经存在。

二

在中国，没有一个诗人像李白那样，其诗句成为每个人生命记忆的一部分。"举头望明月，低头思故乡"；"长安一片月，万户捣衣声"；"黄河之水天上来，奔腾到海不复回"；"两岸猿声啼不住，轻舟已过万重山"。中国人只要会说话，就会念他的诗，尽管念诗者，未必懂得他埋藏在诗句里的深意。

李白是"全民诗人"，是真正意义上的"人民艺术家"，忧国忧民的杜甫反而得不到这个待遇，善走群众路线的白居易也不是，他们是属于文学界、属于知识分子的，唯有李白，他的粉丝旷古绝今。

李白是唯一，其他都是之一。

他和他以后的时代里，没有报纸、杂志，没有电视网络，他的诗，却在每个中国人的耳头心头长驱直入，全凭声音和血肉之躯传递，像传递我们民族的精神密码。中国人与其他东亚人种外观很像，精神世界却有天壤之别，一个重要的边界，是他们的心里没有住着李白。当我们念出李白的诗句时，他们没有反应；他们搞不明白，为什么中国人抬头看见月亮，低头就会想到自己的家乡。所以我同意历史学家许倬云先生的话："（古代的）'中国'并不是没有边界，只是边界不在地理，而在文化。"李白的诗，是中国人的精神护照，是中国人天生自带的身份证明。

李白，是我们的遗传基因、血液细胞。

李白的诗，是明月，也是故乡。

没有李白的中国，还能叫中国吗？

三

然而李白，毕竟已经走远，他是作为诗句，而不是作为肉体存在的。他的诗句越是真切，他的肉体就越是模糊。他的存在，表面具象，实际上抽象。即使我站在他的脚印之上，对他，我仍然看不见、摸不着。

谁能证实这个人真的存在过？

不错，新旧唐书，都有李白的传记；南宋梁楷，画过《李白行吟图》——或许因为画家自己天性狂放，常饮酒自乐，人送外号"梁疯子"，所以他勾画出的是一个洒脱放达的诗仙形象，把李白疏放不羁的个性、边吟边行的姿态描绘得入木三分。但《旧唐书》，是五代后晋刘昫等撰，《新唐书》，是北宋欧阳修等撰，梁楷，更比李白晚了近五个世纪。相比于今人，他们距李白更近，但与我一样，他们都没见过李白，仅凭这一点，就把他们的时间优势化为无形。

只有那幅字是例外。那幅纸本草书的书法作品《上阳台帖》，上面的每一个字，都是李白写上去的。它的笔画回转，通过一管毛笔，与李白的身体相连，透过笔势的流转、墨迹的浓淡，我们几乎看得见他的手腕的抖动，听得见他呼吸的节奏。

四

这张纸，只因李白在上面写过字，就不再是一张普通的纸。尽管没有这张纸，就没有李白的字，但没有李白的字，它就是一片垃圾，像大地上的一片枯叶，结局只能是腐烂和消失。那些字，让它的每一寸、每一厘，都变得异常珍贵，先后被宋徽宗、贾似道、乾隆、张伯驹、毛泽东收留、抚摩、注视，最后被毛泽东转给北京故宫博物院永久收藏。

从这个意义上说，李白的书法，是法术，可以点纸成金。

李白的字，到宋代还能找出几张。北宋《墨庄漫录》载，润州苏氏家，就藏有李白《天马歌》真迹，宋徽宗也收藏有李白的两幅行书作品《太华峰》和《乘兴帖》，还有三幅草书作品《岁时文》《咏酒诗》《醉中帖》，对此，《宣和书谱》里有载。到南宋，《乘兴帖》也漂流到贾似道手里。

只是到了如今，李白存世的墨稿，除了《上阳台帖》，全世界找不出第二张。问它值多少钱，那是对它的羞辱，再多的人民币，在它面前也是一堆废纸，丑陋不堪。李白墨迹之少，与他诗歌的传播之广，反差到了极致。但幸亏有这幅字，让我们穿过那些灿烂的诗句，找到了作家本人。好像有了这张纸，李白的存在就有了依据，我们不仅可以与他对视，甚至可以与他交谈。

一张纸，承担起我们对于李白的所有向往。

我不知该谴责时光吝啬，还是该感谢它的慷慨。

终有一张纸，带我们跨过时间的深渊，看见李白。

所以，站在它面前的那一瞬间，我外表镇定，内心狂舞，顷刻间与它坠入爱河。我想，九百年前，当宋徽宗赵佶成为它的拥有者，他心里的感受应该就是我此刻的感受，他附在帖后的跋文可以证明。《上阳台帖》卷后，宋徽宗用他著名的瘦金体写下这样的文字：

"太白尝作行书，乘兴踏月，西入酒家，不觉人物两望，身在世外，一帖，字画飘逸，豪气雄健，乃知白不特以诗鸣也。"

根据宋徽宗的说法，李白的字，"字画飘逸，豪气雄健"，与他的诗歌一样，"身在世外"，随意中出天趣，气象不输任何一位书法大家，黄庭坚也说："今其行草殊不减古人"，只不过他诗名太盛，掩盖了他的书法知名度，所以宋徽宗见了这张帖，才发现了自己的无知，原来李白的名声，并不仅仅从诗歌中取得。

五

那字迹，一看就属于大唐李白。

它有法度，那法度是属于大唐的，庄严、敦厚、饱满、圆健，让我想起唐代佛教造像的浑厚与雍容，唐代碑刻的力度与从容。这当然来源于秦碑、汉简积淀下来的中原美学。唐代的律诗、楷书，都有它的法度在，不能乱来，它是大唐艺术的基座，是不能背弃的原则。

然而，在这样的法度中，大唐的艺术，却不失自由与浩荡，不像隋代艺术，那么拘紧收压，而是在规矩中见活泼，收束中见辽阔。

这与北魏这些朝代做的铺垫关系极大。年少时学历史，最不愿关注的就是那些小朝代，比如隋唐之前的魏晋南北朝，两宋之前的五代十国，像一团麻，迷乱纷呈，永远也理不清。自西晋至隋唐的近三百年空隙里，中国就没有被统一过，一直存在着两个以上的政权，多的时候，甚至有十来个政权。但是在中华文明的链条上，这些小朝代却完成了关键性的过渡，就像两种不同的色块之间，有着过渡色衔接，色调的变化，就有了逻辑性。在粗朴凝重的汉朝之后，之所以形成缛丽灿烂、开朗放达的大唐美学，正是因为它在三百年的离乱中，融入了草原文明的活泼和力量。

我们喜欢的花木兰，其实是北魏人，也就是鲜卑人，是少数民族。她的故事，出自北魏的民谣《木兰诗》。这首民谣，是以公元391年北魏征调大军出征柔然的史实为背景而作的。其中提到的"可汗"，指的是北魏道武帝拓跋珪。"万里赴戎机，关山度若飞。朔气传金柝，寒光照铁衣。"这首诗里硬朗的线条感、明亮的视觉感、悦耳的音律感，都是属于北方的，但在我们的记忆里，从来不曾把木兰当作"外族"，这就表明我们并没有把鲜卑人当成外人。

这支有花木兰参加的鲜卑军队，通过连绵的战争，先后消灭了北方的割据政权，统一了黄河流域，占据了中原，与南朝的宋、齐、梁政权南北对峙，成为代表北方政权的"北朝"。从西晋灭亡，到鲜卑建立北魏之前的这段乱世，被历史学家们称为"五胡乱华"。

"五胡"的概念是《晋书》中最早提出的，指匈奴、鲜卑、羯、羌、氐等在东汉末到晋朝时期迁徙到中国的五个少数民族。历史学家普遍认为，"五胡乱华"是大汉民族的一场灾难，几近亡种灭族。但从艺术史的角度上看，"五胡乱华"则促成了文明史上一次罕见的大合唱，在黄河、长江文明中的精致绮丽、细润绵密中，吹进了"天苍苍，野茫茫，风吹草低见牛羊"的旷野之风，李白的诗里，也有无数的乐府、民歌。蒋勋说："这一长达三百多年的'五胡乱华'，意外地，却为中国美术带来了新的震撼与兴奋。"

到了唐代，曾经的悲惨和痛苦，都由负面价值神奇地转化成了正面价值，成为锻造大唐文化性格的大熔炉。就像每个人一样，在他的成长历程中，都会经历痛苦，而所有的痛苦，不仅不会将他摧毁，最终都将使他走向生命的成熟与开阔。

北魏不仅在音韵歌谣上，为唐诗的浩大明亮预留了空间，书法上也做足了准备，北魏书法刚硬明朗、灿烂昂扬的气质，至今留在当年的碑刻上，形成了自秦代以后中国书法史上的第二次刻石书法的高峰。我们今天所说的"魏碑"，就是指北魏碑刻。

在故宫，收藏着许多魏碑拓片，其中大部分是明拓，著名的有《张猛龙碑》。此碑是魏碑中的上乘，整体方劲，章法天成。康有为也喜欢它，说它"结构精绝，变化无端"，"为正体变态之宗"。也就是说，正体字（楷书）的端庄，已拘不住它奔跑的脚步。从这些连筋带肉、筋骨强健、血肉饱满的字迹中，唐代书法已经呼之欲出了。难怪康有为说："南北朝之碑，无体不备，唐人名家，皆从此出……"

假若没有北方草原文明的介入，中华文明就不会完成如此重要的巨变，大唐文明就不会进射出如此亮丽的光焰，中华文明也不会按照后来的样子发展到后来，一点点地发酵成李白的《上阳台帖》。

或许因为大唐皇室本身就具有鲜卑血统，唐朝没有像秦汉那样，用一条长城与"北方蛮族"划清界限，而是包容四海、共存共荣，于是，唐朝人的心理空间，一下子放开了，也淡定了，曾经的黑色记忆，变成簪花仕女香浓美艳，变成佛陀的慈悲笑容。于是，唐诗里，有了"前不见古人，后不见来者"的苍茫视野，有了《春江花月夜》的浩大宁静。

唐诗给我们带来的最大震撼，就是它的时空超越感。

这样的时空超越感，在此前的艺术中也不是没有出现过，比如曹操面对大海时的心理独白，比如王羲之在兰亭畅饮、融天地于一体的那份通透感，但在魏晋之际，他们只是个别的存在，不像大唐，潮流汹涌，一下子把一个朝代的诗人全部裹挟进去。魏晋固然出了很多英雄豪杰、很多名士怪才，但总的来讲，他们的内心是幽咽曲折的，唯有唐朝，呈现出空前浩大的时代气象，似乎每一个人，都有勇气独自面对无穷的时空。

有的时候，是人大于时代，魏晋就是这样，到了大唐，人和时代，彼此成就。

六

李白的出生地，我没有去过，却很想去。吉尔吉斯斯坦北部城市托克马克，我想，这座雪水滋养、风物宜人的优美小城里，大唐帝国的绝代风华想必早已风流云散，如今一定变成一座中亚与俄罗斯风格混搭的城市。但是，早在汉武帝时期，这里就已纳入汉朝的版图，公元 7 世纪，它的名字变成了碎叶，与龟兹、疏勒、于阗并称大唐王朝的安西四镇，在西部流沙中彼此勾连呼应。那块神异之地，不仅有吴钩霜雪、银鞍照马，还有星辰入梦。那星，是长庚星，也叫太白金星，今天叫启明星，是天空中最亮的星星，亮度是足以抵得上15颗天狼星，这颗星，古希腊人和古罗马人分别用爱与美的女神阿佛洛狄忒和维纳斯的名字来命名；梦，是李白母亲的梦。《新唐书》说："白之生，母梦长庚星，因以命之"，就是说，李白的名字，得之于他的母亲在生他时梦见太白星。因此，当李白一入长安，贺知章在长安紫极宫一见到这位文学青年，立刻惊为天人，叫道："子，谪仙人也！"原来李白正是太白星下凡。

李白在武则天统治的大唐帝国里长到五岁。五岁那一年，武则天去世，唐中宗复位，李白随父从碎叶到蜀中，20年后离家，独自仗剑远行，一步步走成我们熟悉的那个李白，那时的唐朝，已经进入了唐玄宗时代。在那个交通不发达的年代，仅李白的行程，就是值得惊叹的。

由此我们可以理解李白诗歌里的纵深感。他会写"明月出天山，苍茫云海间"，也会写"兰陵美酒郁金香，玉碗盛来琥珀光"。假如他是导演，很难有一个摄影师，能跟上他焦距的变化。那种渗透在视觉与知觉里的辽阔，我曾经从俄罗斯文学中——从托尔斯泰、屠格涅夫、陀思妥耶夫斯基的作品里领略过，所以别尔嘉耶夫声称，"俄罗斯是神选的"。但他们都扎堆于19世纪，而至少在一千多年前，这种浩大的心理空间就在中国的文学中存在了。

我记得那一次去楼兰，从巴音布鲁克向南，一路穿越塔克拉玛干沙漠时，我发现自己变得那么微小，在天地间，微不足道，我的视线，也从来不曾像这样辽远。想起一位朋友说过："你就感到世界多么广大深微，风中有无数秘密的、神奇的消息在暗自流传，在人与物与天之间，什么事是曾经发生的？什么事是我们知道的或不知道的？"

虽然杜甫也是一生漂泊，但李白就是从千里霜雪、万里长风中脱胎出来的，所以他的生命里，有龟兹舞、西凉乐的奔放，也有关山月、阳关雪的苍茫。他不会因"茅屋为秋风所破"而感到忧伤，不是他的生命中没有困顿，而是对他来说，这事太小了。

他不像杜甫那样，执着于一时一事，李白有浪漫，有顽皮，时代捉弄他，他却可以对时代使个鬼脸。毕竟，那些时、那些事，在他来说都太小，不足以挂在心上、写进诗里。

所以，明代江盈科《雪涛诗评》里说："李青莲是快活人，当其得意，无一语一字不是高华气象。……杜少陵是固穷之士，平生无大得意事，中间兵戈乱离，饥寒老病，皆其实历，而所阅苦楚，都于诗中写出，故读少陵诗，即当得少陵年谱看。"

李白也有倒霉的时候，饭都吃不上了，于是写下"余亦不火食，游梁同在陈"。骆驼死了架子不倒，都沦落到这步田地了，他还依然嘴硬，把自己当成在陈蔡绝粮、七天吃不上饭的孔子，与圣人平起平坐。

他人生的最低谷，应该是流放夜郎了，但他的诗里找不见类似"茅屋为秋风所破"这样的郁闷，他的《早发白帝城》，我们从小就会背，却很少有人知道，这首诗就是在他流放夜郎的途中写的，那一年，李白已经58岁。

白帝彩云、江陵千里，给他带来的仿佛不是流放边疆的困厄，而是顺风扬帆、瞬息千里的畅快。当然，这与他遇赦有关，但总的来说，三峡七百里，路程惊心动魄，让人放松不下来。不信，我们可以看看郦道元在《水经注》里的描述：

"自三峡七百里中，两岸连山，略无阙处。……有时朝发白帝，暮到江陵，其间千二百里，虽乘奔御风，不以疾也。……每至晴初霜旦，林寒涧肃，常有高猿长啸，属引凄异，空谷传响，哀转久绝。故渔者歌曰：'巴东三峡巫峡长，猿鸣三声泪沾裳！'"

郦道元的三峡，阴森险怪，一旦遭遇李白，就立刻像舞台上的布景，被所有的灯光照亮，连恐怖的猿鸣声，都如音乐般，悦耳清澈。

这首诗，也被学界视为唐诗七绝的压卷之作。

七

李白并不是没心没肺，那个繁花似锦的朝代背后的困顿、饥饿、愤怒、寒冷，在李白的诗里都找得到，比如《蜀道难》和《行路难》，他写怨妇，首首都写他自己：

箫声咽，

秦娥梦断秦楼月，

秦楼月，

年年柳色，

灞陵伤别。

乐游原上清秋节，

咸阳古道音尘绝。

音尘绝，

西风残照，

汉家陵阙。

李白的诗，我最偏爱这一首《忆秦娥》，那么的凄清悲怆，那么的深沉幽远。全诗的魂，在一个"咽"字。当代词人毛泽东是爱李白的，而毛泽东的词中，我最喜欢的是《忆秦娥·娄山关》：

西风烈，

长空雁叫霜晨月。

霜晨月，

马蹄声碎，

喇叭声咽。

雄关漫道真如铁，

而今迈步从头越。

从头越，

苍山如海，

残阳如血。

毛泽东的《忆秦娥》，看得见李白《忆秦娥》的影子。词中同样出现一个"咽"字，也是该词最传神的一个字，不知是巧合，还是毛在向他心仪的诗人李白致敬。

只是李白不会被这样的伤感吞没，他目光沉静，道路远长，像《上阳台帖》里所写："山高水长，物象千万"，一时一事，困不住他。

他内心的尺度，是以千里、万年为单位的。

他写风，不是"八月秋高风怒号，卷我屋上三重茅"。小小的"三重茅"，不入他的法眼，他写风，也是"长风万里送秋雁，对此可以酣高楼"，是"黄河捧土尚可塞，北风雨雪恨难裁"。

杜甫的精神，只有一个层次，那就是忧国忧民，是意志坚定的儒家信徒。李白的精神是混杂的、不纯的，里面有儒家、道家、墨家、纵横家，等等。什么都有，像《上阳台帖》所写，"物象千万"。

我曾在《永和九年的那场醉》里写过，儒家学说有一个最薄弱、最柔软的地方，就是它过于关注处理现实社会问题，发展成为一整套严谨的社会政治学，却缺少提供对于存在问题的深刻解答。然而，道家学说早已填补了儒学的这一缺失，把精神引向自然宇宙，形成一套当时儒家还没有充分发展的人格—心灵哲学，让人"从种种具体的、繁杂的、现实的从而是有限的、局部的'末'事中超脱出来，以达到和把握那整体的、无限的、抽象的本体"。儒与道，一现实一高远，彼此映衬、补充，让我们的文明生生不息，左右逢源。但儒道互补，出现在一个人身上，就不多见了。李白就是这样的浓缩精品。

所以，当官场试图封堵他的生存空间，他一转身，就进入了一个更大的空间。

八

河南人杜甫，思维注定属于中原，终究脱不开农耕伦理。《三吏》《三别》，他关注家、田园、社稷、苍生，也深沉，也伟大；但李白是从欧亚大陆的腹地走过来的，他的视野里永远是"明月出天山，苍茫云海间"，是"山随平野尽，江入大荒流"，明净、高远。他有家——诗、酒、马背，就是他的家。所以他的诗句，充满了意外——他就像一个浪迹天涯的牧民，生命中总有无数的意外，等待着与他相逢。

他的个性里，掺杂着游牧民族歌舞的华丽、酣畅、任性。

找得见"五胡"、北魏。

而卓越的艺术，无不产生于这种任性。

李白精神世界里的纷杂，更接近唐朝的本质，把许多元素、许多成色搅拌在一起，绽放成明媚而灿烂的唐三彩。

这个朝代，有玄奘万里独行，写成《大唐西域记》；有段成式，生当残阳如血的晚唐，行万里路，将所有的仙佛人鬼、怪闻逸事汇集成一册奇书——《酉阳杂俎》。

在李白身边，活跃着大画家吴道子、大书法家颜真卿、大雕塑家杨惠之。

而李白，又是大唐世界里最不安分的一个。

也只有唐代，能够成全李白。

假若身处明代，杜甫会死，而且死得很难看，而李白会疯。

张炜说："'李白'和'唐朝'可以互为标签——唐朝的李白，李白的唐朝；而杜甫似乎可以属于任何时代。"

我说，把杜甫放进理学兴盛的宋明，更加合适。

他会成为官场的"清流"，或者干脆成为东林党。

杜甫的忧伤是具体的、也是可以被解决的——假如遇上一个重视文化的领导，前往草堂送温暖，带上慰问金，或者让杜甫享受"国务院特殊津贴"，杜甫的生活困境就会迎刃而解。

李白的忧伤却是形而上的，是哲学性的，是关乎人的本体存在的，是"人如何才能不被外在环境、条件、制度、观念等等所决定、所控制、所支配、所影响即人的'自由'问题"，是无法被具体的政策、措施解决的。

他努力舍弃人的社会性，来保持人的自然性，"与宇宙同构才能是真正的人"。

这个过程，也必有煎熬和痛苦，还有孤独如影随形。

在一个比曹操《观沧海》、比王羲之《兰亭序》更加深远宏大的时空体系内，一个人空对日月、醉月迷花，内心怎能不升起一种无着无落的孤独？

李白的忧伤，来自于"花间一壶酒，独酌无相亲。举杯邀明月，对影成三人"。

李白的孤独，是大孤独；他的悲伤，也是大悲伤，是"大道如青天，我独不得出"，是"白发三千丈，缘愁似个长"，是"高堂明镜悲白发，朝成青丝暮成雪"。

那悲，是没有眼泪的。

九

李白的名声，许多来自他第二次去长安时，皇帝降辇步迎，以七宝床赐食，御手调羹，此后"置于金銮殿，出入翰林中"这段非凡的履历。这记载来自唐代李阳冰的《草堂集序》。李阳冰是李白的族叔，也是唐朝著名的文学家和书法家，有同时代见证者在，我想李阳冰也不敢太忽悠吧。

李白的天性是喜欢吹牛的，或者说，那不叫吹牛，而叫狂。吹牛是夸大，而至少在李白看来，不是他自己虚张声势，而是他确实身手了得。比如在那篇写给韩朝宗的"求职信"《与韩荆州书》里，他就声言自己："十五好剑术，遍干诸侯。三十成文章，历抵卿相。虽长不满七尺，而心雄万夫。"假如韩朝宗不信，他欢迎考察，口气依旧是大的："请日试万言，倚马可待。"

李白的朋友，也曾帮助李白吹嘘，人们常说的"天子呼来不上船，自称臣是酒中仙"，就是杜甫《饮中八仙歌》中的句子，至于"天子呼来不上船"这事是否真的发生过，已经没有人追问了。

其实，当皇帝的旨意到来时，李白有点找不着北，他写："仰天大笑出门去，我辈岂是蓬蒿人。"等于告诫人们，不要狗眼看人低，拿窝头不当干粮。

李白的到来，确是给唐玄宗带来过兴奋的。这两位艺术造诣深厚的唐代美男子，的确容易一拍即合，彼此激赏。唐玄宗看见李白"神气高朗，轩轩若霞举"，一时间看傻了眼。李白写《出师诏》，醉得不成样子，却一挥而就，思逸神飞，浑然天成，无须修改，唐玄宗都想必在内心里叫好。所以，当兴庆宫里、沉香亭畔，牡

丹花盛开，唐玄宗与杨贵妃在深夜里赏花，这良辰美景，
独少了几曲新歌，唐玄宗幽幽叹道："赏名花，对妃子，
焉用旧乐辞焉！"于是让李龟年拿着金花笺，急召李白
进园，即兴填写新辞。那时的李白，照例是宿醉未解，
却挥洒笔墨，文不加点，一蹴而就，文学史上于是有了
那首著名的《清平调》：

> 云想衣裳花想容，
> 春风拂槛露华浓。
> 若非群玉山头见，
> 会向瑶台月下逢。
> 一枝红艳露凝香，
> 云雨巫山枉断肠。
> 借问汉宫谁得似，
> 可怜飞燕倚新妆。
> 名花倾国两相欢，
> 长得君王带笑看。
> 解释春风无限恨，
> 沉香亭北倚栏杆。

......

园林的最深处，贵妃微醉，翩然起舞，玄宗吹笛伴奏，那新歌，又是出自李白的手笔。这样的豪华阵容，中国历史上再也排不出来了吧。

这三人或许都不会想到，后来安史乱起、生灵涂炭，此情此景，终将成为"绝唱"。

曲终人散，李白被赶走了，唐玄宗逃跑了，杨贵妃死了。

说到底，唐玄宗无论多么欣赏李白，也只是将他当作文艺人才看待的。假如唐朝有文联、有作协，唐玄宗一定会让李白做主席，但他丝毫没有让李白做宰相的打算。李白那副醉生梦死的架势，在唐玄宗李隆基眼里，也是烂泥扶不上墙，给他一个供奉翰林的虚衔，已经算是照顾他了。对于这样的照顾，李白却一点也不买账。李白不想当作协主席，不想获诺贝尔文学奖，连出版文集的打算也没有。他的诗，都是任性而为，写了就扔，连保留都不想保留，所以，在安徽当涂，李白咽气前，李阳冰从李白的手里接过他交付的手稿时，大发感慨道：

"当时著述，十丧其九，今所存者，皆得之他人焉。"也就是说，我们今天读到的李白诗篇，只是他一生创作的十分之一。

李白的理想，是学范蠡、张良，去匡扶天下，完成他"安社稷、济苍生"的平生功业，然后功成身退，如他诗中所写："事了拂衣去，深藏身与名"，但这充其量只是唐传奇里虬髯客式的江湖侠客，而不是真正的儒家士人。

更重要的，是他自视太高，不肯放下身段，在官场逶迤周旋，不甘心"摧眉折腰事权贵，使我不得开心颜"，对官场的险恶也没有丝毫的认识和准备。他从来不按规则出牌，所谓"贵妃研墨，力士脱靴"，固然体现出李白放纵不羁的个性，但在官场眼里，却正是他的缺点。所以，唐玄宗对他的评价是："此人固穷相。"

以这样的心性投奔政治，纵然怀有"天生我材必有用"的自信，有"乘风破浪会有时"的豪情，下场也只能是惨不忍睹。

"慷慨自负、不拘常调"的李白，怎会想到有人在背后捅刀子？而且下黑手的，都不是一般人。一个是张坍，当朝驸马，此人嫉贤妒能，李白风流俊雅，才不可当，让他看着别扭，于是不断给李白下绊；还有一位，就是著名的高力士了，李白让高力士为他脱靴，高力士可没有那么幽默，他一点也不觉得这事好玩，于是记在心里，等机会报复。李白《清平调》一写，他就觉得机会来了，对杨贵妃说，李白这小子，把你当成赵飞燕，这不是骂你吗？杨贵妃本来很喜欢李白，一听高力士这么说，恍然大悟，觉得还是高士力向着自己。唐玄宗三次想为李白加官晋爵，都被杨贵妃阻止了。

李林甫、杨国忠、高力士这班当朝人马的"政治智商"，李白一个也对付不了。这样的官场，他一天也待不下去。他没有现实运作能力，这一点，他是不自知的。他生命中的困局，早已打成死结。这一点，后人看得清楚，可惜无法告诉他。

李白的政治智商是零，甚至是负数。一有机会，他还要从政，但他做得越多，就败得越惨。安史乱中，他投奔唐玄宗的第十六个儿子、永王李璘，目的是抗击安禄山，没想到唐玄宗的第三子、已经在灵武登基的唐肃宗李亨担心弟弟李璘坐大，一举歼灭了李璘的部队，杀掉了李璘，李白因卷入皇族之间的权力斗争，再度成了倒霉蛋儿，落得流放夜郎的下场。

政治是残酷的，政治思维与艺术思维，别如天壤。

好在除了政治化的天下，他还有一个更加自然俊秀、广大深微的天下在等待着他。所幸，在唐代，艺术和政治，还基本上是两条战线，宋以后，这两条战线才合二为一，士人们既要在精密规矩的官僚体系内找到铁饭碗，又有本事在艺术的疆域上纵横驰骋，涌现出范仲淹、晏殊、晏几道、欧阳修、苏洵、苏轼、苏辙、司马光、张载、王安石、沈括、程颢、程颐、黄庭坚等一大公务员身份的文学艺术大家。

所以，当李白不想面对皇帝李隆基，他可以不面对，他只要面对自己就可以了。

终究，李白是一个活在自我里的人。

他的自我，不是自私。他的自我里，有大宇宙。

李白是从天上来的，所以，他的对话者，是太阳、月亮、大漠、江河。级别低了，对不上话。他有时也写生活中的困顿，特别是在凄凉的暮年，他以宝剑换酒，写下"欲邀击筑悲歌饮，正值倾家无酒钱"，依然不失潇洒，而毫无世俗烟火气。

他的世界，永远是广大无边的。

只不过，在这世界里，他飞得太高、太远，必然是形单影只。

十

这样写下去，有点像《回忆我的朋友李白》了，所以还是要收敛目光，让它回到这张纸上。然而，《上阳台帖》所说阳台在哪里，我始终不得而知。如今的商品房，阳台到处都是，我却找不到李白上过的阳台。至于李白是在什么时候、什么状态下上的阳台，更是一无所知。所有与这幅字相关的环境都消失了，像一部电影，失去了所有的镜头，只留下一排字幕，孤独却尖锐地闪亮。

查《李白全集编年注释》，却发现《上阳台帖》（书中叫《题上阳台》）没有编年，只能打入另册，放入《未编年集》。《李白年谱简编》里也查不到，似乎它不属于任何一个年份，没有户口，来路不明，像一只永远无法降落的鸟，孤悬在历史的天际，飘忽不定。

没有空间坐标，我就无法确定时间坐标，推断李白书写这份手稿的处境与心境。我体会到艺术史研究之难，获得任何一个线索都不是件简单的事，在历经了长久的迁徙流转之后，有那么多的作品，隐匿了它们的创作地点、年代、背景，甚至对它们的作者都守口如瓶。它们的纸页或许扛得过岁月的磨损，它们的来路，却早已漫漶不清。

很久以后一个雨天，我坐在书房里，读唐代张彦远《历代名画记》，书中突然惊现一个词语：阳台观，让我眼前一亮，豁然开朗。

就在那一瞬间，我内心的迷雾似乎被大唐的阳光骤然驱散。

根据张彦远的记载，开元十五年（公元727年），奉唐玄宗的谕旨，一个名叫司马承祯的著名道士上王屋山，建造阳台观。司马承祯是李白的朋友，李白在司马承祯上山的三年前（公元724年）与他相遇，并成为忘年之交，为此，李白写了《大鹏遇希有鸟赋》（中年时改名《大鹏赋》），开篇即写："余昔于江陵见天台司马子微，谓余有仙风道骨，可与神游八极之表"，司马子微，就是李白的哥们儿司马承祯。

《海录碎事》里记载，司马承祯与李白、陈子昂、宋之问、孟浩然、王维、贺知章、卢藏用、王适、毕构，并称"仙宗十友"。

《上阳台帖》里的阳台，肯定是司马承祯在王屋山上建造的阳台观。

唐代，是王屋山道教的兴盛时期，有一大批道士居此修道。笃爱道教的李白，一定与王屋山有着千丝万缕的联系。李白曾在《寄王屋山人孟大融》里写："愿随夫子天坛上，闲与仙人扫落花。"

可能是应司马承祯的邀请，天宝三年（公元744年）冬天，李白同杜甫一起渡过黄河，去王屋山。他们本想寻访道士华盖君，但没有遇到。这时他们见到了一个叫孟大融的人，志趣相投，所以李白挥笔给他写下了这首诗。

那时，他刚刚鼻青脸肿地逃出长安。但《上阳台帖》的文字里，却不见一丝一毫的狼狈。仿佛一出长安，镜头就迅速拉开，空间形态迅猛变化，天高地广，所有的痛苦和忧伤，都在炫目的阳光下，烟消云散。

因此，在历史中的某一天，在白云缭绕的王屋山上，李白抖笔，写下这样的文字：

> 山高水长，物象千万，非有老笔，清壮可穷。
> ——十八日，上阳台书，太白。

那份旷达，那份无忧，与后来的《早发白帝城》如出一辙。

长安不远，但此刻，它已在九霄云外。

十一

只是，在当时，很少有人真懂李白。

尽管李白一生，并不缺少朋友。

最典型的，是那个名叫魏万（后改名魏颢）的铁粉。为了能见到李白，他从汴州到鲁南、再到江浙，一路狂奔三千多里，找到永嘉的深山古村，没想到李白又回天台山了，后来追到广陵，才终于找到了李白。

那时没有飞机，没有高铁，三千里地，想必是一段艰难的奔波。

两人从此成为莫逆，李白的第一部诗集，就是魏万编的，可惜这部诗集没有留存到今天。

魏万常居王屋山，号王屋山人，李白到王屋山，上阳台观，不知是否与魏万有关系。

还有汪伦，他与李白的友谊，因那首《赠汪伦》而为天下闻。其实，李白写《赠汪伦》之前，二人并不认识，只因汪伦从安徽泾县县令职位上卸任后，听说李白寄居在当涂李阳冰家里，相距不远，因慕李白诗名，贸然给李白写了封信，邀请他来一聚。信上写："此处有十里桃花"，"此处有万家酒店"，他知道，李白见信，必来无疑。

李白果然中招，去了泾县，发现那里既没有十里桃花，也没有那么多的酒店，他是被汪伦忽悠了。汪伦却很淡定，告诉李白，所谓十里桃花，是指这里有十里桃花潭，所谓万家酒店，是指有一家酒店，店主姓万，李白听后，开怀大笑，被汪伦的盛情所感动。几天后，李白要乘舟前往万村，从那里登旱路去庐山，在东园古渡登舟时，汪伦在岸边设宴为李白饯行，并拍手踏脚，唱歌相送，此时恰逢春风桃李花开日，满目飞红，远山青黛，潭水深碧，美酒香醇，一首《赠汪伦》，在李白心里应运而生：

> 李白乘舟将欲行，
>
> 忽闻岸上踏歌声。
>
> 桃花潭水深千尺，
>
> 不及汪伦送我情。

这段故事，记录在清人袁枚《随园诗话》里。从文字里，让我们看见了他们性情的丰盈与润泽，也看见了彼此间的欺许与珍惜。

那份情谊，千古动心。

最值一提的，还是李白与杜甫的友谊。杜甫对李白，一日不见，如隔三秋，一段日子不见，他就写诗："不见李生久，佯狂真可哀。世人皆欲杀，吾意独怜才。"

他还不止一次梦见李白："故人入我梦，明我常相忆。恐非平生魂，路远不可测。"

最感人的，还是那首《天末怀李白》："凉风起天末，君子意如何？鸿雁几时到，江湖秋水多。文章憎命达，魑魅喜人过。应共冤魂语，投诗吊汨罗。"

杜甫一生中为李白写过许多诗，而李白为杜甫写的诗，却是少之又少，只有《鲁郡东石门送杜二甫》《沙丘城下寄杜甫》，在他为数众多的赠友诗里，实在不算起眼。

不是李白薄情，相反，他十分重视友情。

年轻时，李白与友人吴指南一起仗剑游走，吴指南死在洞庭，李白扶尸痛哭，让过路的人都深为感动。他守着尸体，不肯离去，甚至老虎来了，他都不躲一下。很久以后，他还借了钱，回到埋葬吴指南的地方，把他重新安葬。

李长之先生在《李白传》中说："我们不能因此就断言李白比杜甫薄情，这因为他们的精神形式实在不同故，在杜甫，深而广，所以能包容一切；在李白，浓而烈，所以能超越所有。"

李白的精神世界，是在另外一个维度里的。

李白是生在宇宙里的，浓浓的友情，抹不去李白巨大的孤独感。

这种孤独感与生俱来，在他诗中时隐时现，比如那首《独坐敬亭山》："众鸟高飞尽，孤云独去闲。相看两不厌，只有敬亭山。"

一片青山中，坐着一个渺小的人影。

那人，就是李白。

李白的内心世界越是广大，孤独就都是深入骨髓。

他的路上，没有同行者。

十二

反过来说，一个真正的诗人，并不惧怕痛苦和孤独，而是会依存于甚至陶醉于这份孤独。就像一个流浪歌手，越是孤独，他走得越远，他的世界，也越发浩大。

年少时迷恋齐秦，自己也在他的歌里一路走向目光都无法企及的天边。齐秦的歌词，我至今不忘：

> 想问天问大地，或者是迷信问问宿命，
> 放弃所有，抛下所有，让我飘流在安静的夜
> 夜空里……

那时我不懂李白，只会背诵他几句朗朗上口的诗

句。那时我心里只装着齐秦那忧郁孤独的歌声。这不同时代的歌者，固然没有可比性，但是他们在各自的音符里，藏着某种相通的路径。

只有在绝对的孤独里，才找得见绝对的自我。

就像佛教徒的闭关面壁，孤独也是一种修行。

最伟大的艺术，无不在最大的孤独里，实现了自我完成。

李白喜醉，不过是在喧嚣中逃向孤独的一种方式而已。

他要在那一缕香醇里，寻找到内心的慰藉。

所以，李白的诗、李白的字，与王羲之自有不同。王羲之《兰亭序》，是喜极而泣、悲从中来，在风花雪月的背后，看到了生命的虚无与荒凉，那是因为，美到了极致，就是绝望；李白则恰好相反，他是悲着悲着，就大笑起来，放纵起来，像《行路难》，在"欲渡黄河冰塞川，将登太行雪满山"的茫然和惆怅后面，竟然是"长风破浪会有时，直挂云帆济沧海"的万丈豪情。王羲之是从宇宙的无限，看到了人生的有限，李白却从人生的有限，看到宇宙的无限。李白不是无知者无畏，他是知道了，所以不在乎。

从某种意义上说，李白的孤独里，透着某种自负。

这样的自负，从他的字里，看得出来。

元代张晏形容《上阳台帖》："观其飘飘然有凌云之态，高出尘寰得物外之妙。"

他把这段话写进他的跋文，庄重地裱在《上阳台帖》的后面。

十三

有人说，李白是醉游采石江，入水捉月而死的。

这死法，有美感。

不像杜甫，可怜到没有饭吃，被一顿饱饭撑死。

死都死得很现实主义。

五代王定保《唐摭言》、宋代洪迈《容斋五笔》、元代辛文房《唐才子传》里，都写成李白为捉月而死。

金陵采石矶，至今有捉月亭，纪念李白因捉月而死。

但洪迈在讲述这段传奇时，加上"世俗言"三个字，意思是，坊间传说的，不当真。

《演繁露》说："谓（李）白以捉月自投于江，则传者误也。"

其实，李白的晚境，比杜甫好不了多少。

李白走投无路之际，在当涂当县令的族叔李阳冰收留了他。

或许，李白是最普通的死法——死在病床上。

时间为宝应五年（**公元 762 年**），那一年，他 62 岁。

虽才华锦绣，却终是血肉之躯。

但李白的传奇，到此并没有结束。

它的尾声，比正文还长。

一代代的后人，都声称他们曾经与李白相遇。

公元 9 世纪（**唐宪宗元和年间**），有人自北海来，见到李白与一位道士，在高山上谈笑。良久，那道士在碧雾中跨上赤虬而去，李白耸身，健步追上去，与道士骑在同一只赤虬上，向东而去。这段记载，出自唐代传奇《龙城录》。

还有一种说法，说白居易的后人白龟年，有一天来到嵩山，遥望东岩古木，郁郁葱葱，正要前行，突然有一个人挡在面前，说："李翰林想见你。"白龟年跟在他身后缓缓行走，不久就看见一个人，褒衣博带，秀发风姿，那人说："我就是李白，死在水里，如今已羽化成仙了，上帝让我掌管笺奏，在这里已经一百年了……"这段记载，出自《广列仙传》。

苏东坡也讲过一个故事，说他曾在汴京遇见一人，手里拿着一张纸，上面是颜真卿的字，居然墨迹未干，像是刚刚写上去的，上面写着一首诗，有"朝披梦泽云，笠钓青茫茫"之句，说是李白亲自写的，苏东坡把诗读了一遍，说："此诗非太白不能道也。"

在后世的文字里，李白从未停止玩"穿越"。从唐宋传奇，到明清话本，李白的身影到处可见。

仿佛每个人都会在自己的路上遭遇李白。这是他们的"白日梦"，也是一种心理补偿——没有李白的时代，会是多么乏味。

李白，则在这样的"穿越"里，得到了他一生渴望的放纵和自由。

"人生在世不称意，明朝散发弄扁舟"，李白的意思是说："你们等着，我来了。"

他会散开自己的长发，放出一叶扁舟，无拘无束地，奔向物象千万，山高水长。

此际，那一卷《上阳台帖》，正夹带着所有往事风声，在我面前徐徐展开。

静默中，我在等候写下它的那个人。

苏辙：一个最打动人心的配角

赵允芳

这世上，有多少人甘作配角的？好像不多。做人配角，几等于示弱，意味着技不如人，稍逊风骚。主角与配角，往往只有一步之遥。但主角只能有一个。兄弟俩的起步原本一样高。是在哪一个历史节点上，拉大了二人的差距？

这世上，有多少人甘作配角的？

好像不多。

做人配角，几等于示弱，意味着技不如人，稍逊风骚。但既有人生来是做主角的，那么就一定要有人做配角。配角，绝不是娱人耳目的丑角。很多时候，主角可以吊儿郎当耍大牌，但配角不会。配角都有着有目共睹的勤奋和谦卑，他们也因此具有了打动人心的力量。

1

轼为兄，辙为弟。

时人谓其大苏、小苏，门人则敬为长公、少公。

无论按长幼次序，还是论影响魅力，都是轼在前、辙在后的。

轼称得上是中国文学史上最为光彩夺目的一页。他太灿烂！辙却因为离这光源太近，成了被遮蔽最多的一个。

2012年，是苏辙逝世900周年。那一年，看到一条新闻报道说，四川眉山为他"隆重举办"了一场全国首届苏辙学术研讨会。这个研讨会，可真是迟到得太久了！苏辙生前身后之寂寞，也由此可见一斑。相比之下，无论居庙堂之高，还是处江湖之远，轼都是被古今文人挂在嘴边最多的一个名字，各种正式非正式的研讨会更是不知道举办了多少回，历来研究苏轼的诗词文稿，摞起来足可高达天际了吧。

当然，"首届"云云，并不意味着苏辙此前从未被研究和提及过，恰恰相反，他被人说道的次数不能算少，惜乎多数不是作为一个独立的生命个体和艺术主体。

相对于文学史上的东坡而言，辙更像是一个须臾不离的影子。几乎，辙的每次被提及，皆是被世人的一次遮蔽。他被提及得愈多，被埋没得也则愈深。

辙一生都逃不脱被比较的命运。在世时如此，身后更是如此。被人比，也常常自比。辙的坦然自比，说明他一直都有着良好的心态。他自甘寂寞，忠厚从容。如果人生有奥斯卡，辙当毫无异议斩获"最佳配角奖"。

2

轼之于辙："抚我则兄，诲我则师。"他是兄长，是吾师。

辙之于轼："岂独为吾弟，要是贤友生。"他是吾弟，是贤友。

二人从小就相互友爱。童年时，兄弟俩玩水戏耍，哥哥总要先于弟弟下河，试试水深水浅。长大后一同考试，试卷上有"礼义信足以成德"的句子，哥哥见弟弟蹙起了眉头，知道他一定是记不得出处了，连忙厉声向人索取砚水，借故撒泼，拍桌大嚷："小人哉！"其实，是提醒弟弟，此语乃典自孔子斥责弟子樊迟学稼一事。苏辙一听，茅塞顿开，下笔如注。后来苏轼在湖州太守任上被皇甫僎一行捉拿，押解进京途中，苏轼以为此去必死，倒不如投身太湖，一死了之。想想又不忍心，"不欲辜负老弟"。他是告诫自己，一己之死很容易，可是，以弟弟和他的至深感情，他一定难以独生……

故事很多很多。虽则如此，在兄弟二人漫长的宦海浮沉中，很多时候扮演起兄长角色的，却往往是辙。

北宋官场党争激烈，持不同政见者你方唱罢我登场，一忽儿东风，一忽儿西风，双方轮替执政，政局动荡不安。巨大的现实利益宛如烈火巨焰，噬舔着脆弱的人性，考验着人间真情——

王安石与安国、安礼，就因政见不同而兄弟龃龉。

蔡京、蔡攸更因在皇帝面前争宠而父子反目。

李定更是一个官场上的小丑。先是攀附王安石，"骤得美官"。又以所谓"怨谤君父"，构陷苏轼，使其深陷"乌台诗案"。而为了急进仕途，以至于庶母仇氏去世，都隐瞒不报，没有按照人伦丁忧三年，被无数人讥讽不齿……

唯有辙与轼，真正做到了同进退、共患难。

古代的官场与今天有很大不同。一朝天子一朝臣，皇帝个人的寿命长短喜怒哀乐，往往决定了臣子们的荣辱进退。轼与辙，一生经历了五个皇帝：仁宗、英宗、神宗、哲宗和徽宗。其间，又有三位太后、太皇太后垂帘听政。皇帝走马灯似的登基，政策屡变，二苏的命运也跟着起起落落。

轼的一生，好诗、好酒、好吃，还好说。后者给他带来了无穷的麻烦，伊人却是"衣带渐宽终不悔"。而那些成就了他生前和身后无数佳话的任性放旷猖纵不羁，其行为后果的直接承受者，却往往是寡言少语的苏辙。受惊吓最多的，也是他的这位老兄弟。

苏轼屡遭贬谪，苏辙几乎每次都会跟着受牵连。

他却从无怨尤之词。

古代官场上的政治生态，向来是一荣俱荣一损俱损。更何况，小苏也一直是改革派推行的《青苗法》和《市易法》的坚决反对者。可越是身陷仕途低谷，辙越是表现出惊人的耐受力和意志力——

轼身陷"乌台诗案"，几乎枉死御史台的大狱之中。是辙上书皇帝，愿削去一身官职替兄赎罪；轼被贬黄州，辙也深受其累，坐贬江西筠州盐酒税，且五年不得调任。不仅如此，在苏轼与长子苏迈去往黄州之时，辙却得携老扶幼，连带着兄长的一家老小，一路崎岖曲折去往自己的江西贬所。这时的苏辙，已有三子七女，"债负山积"，小日子本来已过得很不易。可以想象，这是一次艰难的苦旅，辙得一边承受着命运的无常摆布，一边还得像父兄一样，包容和抚慰两家女人们的哀怨牢骚、一大群儿女的啼哭打闹……苏轼二月初抵黄州，不久，苏辙从江西再次出发，于五月末将兄长的一众家小安全无虞送至黄州。这一次，兄弟俩自分别到重逢，前前后后共用了三个多月的时间。这意味着，在这百余日里，苏辙几乎一直风尘仆仆，奔波在路上。他的脸庞黑瘦清癯，眼神却格外隐忍坚强。

轼后来又被远贬岭南。但不必为他担心，他一直都有着"此心安处是吾乡"的处世本领，他在哪里，都能把日子过得有滋有味。一路南贬，苏轼从不把自己当外人，动辄要给当地造桥修路做好事。可到最后出钱买单的，又总是苏辙……

苏辙的自我牺牲精神，其实从兄弟二人踏上仕途的第一天就似乎注定：二人仕途同时起步，苏轼被任命为大理评事，签书凤翔府判官；苏辙则被任命为商州军事推官。但此时他们的父亲已是老迈多病，二人不能同时离京。最后是苏辙选择了留下，婉辞朝廷的任命，和妻子一起尽心侍奉老苏。决心既下，他又开始操心哥哥的行程，并坚持要送上一程。

送兄千里，终须一别。苏辙终于要打马回京了——

> 登高回首坡陇隔，惟见乌帽出后没。苦寒
> 念尔衣裘薄，独骑瘦马踏残月……

苏轼恋恋不舍，几乎是流着眼泪，看着弟弟在崎岖道路上的身影忽高忽低忽隐忽现，终于消失不见。那个月夜下的单薄背影令他一生都刻骨铭心。

对生活层面的心无挂碍、了无牵绊，是成就苏轼高蹈才情的重要因素之一。苏轼愈是洒脱，苏辙就愈像一个善于负重的老牛，腿脚深深扎在泥土里。很多人喜欢用"夜雨对床"来解读辙与轼的兄弟情，其实太过诗意轻飘。

俩兄弟更像是弓与箭的关系——

轼之任性放旷，不正像那支离弦之箭？箭之离弦，离不开弓的隐忍内敛。唯弓弩收得愈紧，利箭方能弹射得愈远。某种意义上，正是辙的内向收敛隐忍坚韧，成

就了轼之能够穿越时空的锋芒与伟才。

3

辙却并不总是隐忍。青年时代，他的性格简直火暴。

林语堂曾经如是总结苏辙的性格：沉稳，实际，拘谨，寡言；而东坡则轻快，开阔，天真，好辩，不计后果。这样的说法，未免失之简单、武断，有着旁观者的想当然。

看一个人的真实性情，应首当其冲看他年轻时的表现。那是先天赋予他的自然秉性。很多的例子表明，苏辙曾经的倔强、冲动、好辩，比苏轼有过之而无不及。

初生牛犊不怕虎。二人第一次进京赶考，便展露出一身的热忱和锋芒。

轼写的是《刑赏忠厚之至论》。主考官欧阳修惊为天人，对下属说："读轼书不觉汗出，快哉！老夫当避此人，放出一头地。"又回家对儿子说：三十年后，不会再有人记得老夫矣……学力深厚的欧阳修，最为激赏苏文中所谓"皋陶曰杀之三"而"尧曰宥之三"之论，却又一时疑惑，为何自己竟不知这一典故的出处？发榜之后，他亲自去问苏轼。轼却大言不惭："何须出处！想当然耳！"竟是他杜撰出来的！这还得了！往小了说，是学术造假；往大了说，是欺君罔上。可欧公雅量，不仅不怪罪于他，反而"赏其豪迈"，预言"他日文章必独步天下"。

轼之天马行空、不拘小节，由此可见一斑。

辙却以英气逼人、直言敢谏的形象迈出了他政治生涯的第一步。他在其后举行的殿试制科策中针砭朝政，极言得失。这时的仁宗年事已高，常常疏于朝政，苏辙却毫不客气地批评仁宗治国不能常怀忧惧之心，仅仅"有其言耳，未有其实也"。指责他光说不做，老是开一些无用的空头支票。不仅如此，"今陛下无事则不忧，有事则大惧"，这与古代圣人治国简直有着天壤之别。苏辙写得兴起，下笔更重，批评老皇帝热衷女色，挥霍无度，全然不顾"国家内有养士、养兵之费，外有契丹、西夏之奉"，长此以往，"臣恐陛下以此得谤，而民心不归也"……

很多后世的学者文人不断强化苏辙性格中谨小慎微的一面，实则，他绝对有其英姿勃发勇猛刚烈的一面。

瞧他这话说得多狠！第一次见面，就给了老皇帝一个巨大的难堪！

苏辙初出茅庐，论政之切直敢言，一时震撼了朝廷的上上下下。时为三司使的大书法家蔡襄看了直咋舌，连连感叹："这番话令我很羞愧，因为我就不敢这样说！"司马光时任覆考官，赞叹苏辙"指陈朝廷得失无所顾虑，于四人中最为切直"。当然也有人顾及皇帝的颜面，如初考官胡宿，"以为不逊，力请黜之……"他请求皇帝黜落苏辙，永不录用。仁宗却摆摆手："以直言召人，而以直言弃之，天下其谓我何？"他的确是老了，却越来越喜欢年轻人身上的这种锐气。散朝回宫，他甚至欢喜地告诉皇后："朕今日得二文士，谓苏轼、苏辙也。然吾老矣，虑不能用，将以遗后人，不亦可乎？"他为自己能给儿孙辈们找到轼与辙这两位辅国的栋梁感到由衷高兴。这么看来，仁宗挺可爱，并没有完全老糊涂。

4

俩兄弟步入文坛、政坛的第一步就各有千秋，他们交出的第一份考卷，已然显示出了他们截然不同的风格。

轼行文奇纵汪洋，无所拘泥。

辙论文深沉忧患，修辞严简。

这一年，是 1057 年。它注定要成为中国文学史上一个重要的年份。

俩兄弟名动京华，其风光程度可由一事见其一斑。

进士试后不久，兄弟俩共同参加了仁宗主持的"制科试"，也即殿试，又称国朝试。殿试十年一度，录取名额全国不超过 5 人，可谓苛刻。但这无疑是一次极为重要的机会。寒窗十年的才士们纷纷聚集京城，摩拳擦掌，准备为之一搏。时任宰相的韩琦却对满座宾客轻轻一笑——

"二苏在此，而诸人亦敢与之较试，何也？"

他的意思很明白：今年殿试有苏轼苏辙俩兄弟参加，其他人难道还会有希望吗？这话呼啦一下在京城传开，"不试而去者，十盖八九矣"。绝大多数的才士们竟不试而退，都被吓走了！

历史上那场有名的殿试，说到底，是专为二苏兄弟准备的。其他人，只不过是陪衬。

临近殿试之时，苏辙却病倒了，卧床不起。眼看着就要误了殿试。韩琦一着急，竟上书皇帝："今岁召制科之士，惟苏轼、苏辙最有声望。今闻苏辙偶病未可试，如此兄弟有一人不得就试，甚非众望，欲展限以俟。"没想到的是，对于这一看似无厘头的请求，"上许之"。仁宗竟被说服，硬是下令延迟了殿试的时间。此间，韩琦又多次派人上门关心病情，直到苏辙痊愈，这才安排举行了殿试。这时，已进入了九月，比原定的殿试时间足足推迟了 20 天！

最有意思的是，自此以后，宋朝殿试的日子都改在了九月进行。苏辙可谓是开了秋末殿试之先，一时传为佳话。就连后来的宰相吕公著都赞叹韩琦识才爱才之贤。

5

韩琦是个很有意思的人物，他一方面对苏辙识才爱才，竭力爱护；另一方面却对兄弟俩之中名气更大的苏轼表现出不近人情的一面。

仁宗去世后，英宗继位，对于苏轼的才华，新皇帝大为倾倒，准备马上将他召为翰林加以重用，却被韩琦阻止了——

> 轼之才，远大器也，他日自当为天下用。要在朝廷培养之，使天下之士莫不畏慕降伏，皆欲朝廷进用，然后取而用之，则人人无复异辞矣。今骤用之，则天下之士未必以为然，适足以累之也……

后来神宗也拟重用苏轼，同样被韩琦劝止。

在俩兄弟中，韩琦显然更为激赏苏辙。

是韩琦器量狭小，还是他没有识才的慧眼？

当然都不是。

苏轼被欧阳修诸人惊为天人，那是从做文章的角度，说到底，是纸上谈兵的笔墨功夫。但在韩琦的眼里，才气横溢却并不等于辅国重臣的最佳人选。至少，目前不是。《宋史·苏轼传》对苏轼有"性不忍事""不外饰"的评价，这可不是一个成熟的政治家该有的性格。另外，《宋史·苏辙传》则对弟弟有"寡言鲜语""君子不党"

的嘉誉。对于这两兄弟，韩琦可谓完全从一个帝国宰相的角度，来体察判断其可堪大用与否。对此，他自有一套成熟的选才逻辑。在韩琦看来，苏轼虽有逼人的才气，但以他的天马行空，若果马上赋予治国的重任，却未必能使天下人服膺，这样一来，反倒是害了苏轼。韩琦此语，足以证明他的深谋远虑和政治家素养。

古人信奉"治大国如烹小鲜"。"小鲜"之谓，是借小鱼质嫩不能随便翻动的道理，来形象地比喻治国不能由着性子来，而是要老到、沉着，尤要讲究火候、时辰。但苏轼太过外露的才气，随意急切的性格，喜欢戏谑的个人脾性，对于治国而言，恰恰构成了一种阻碍。由此来看，俩兄弟之中，谁更适合做官也就变得一目了然。

《瑞桂堂暇录》曾记载了一桩张方平与三苏的逸事，也佐证了韩琦的用人观并非一己之见——

在制科试之前，苏老泉曾携俩兄弟拜谒张文定公（也即张方平）。文定当场出了六题，考察二人的才能。当他读了二兄弟呈上的答卷后，对老泉大赞："皆天才！长者明敏尤可爱，然少者谨重，成就或过之。"

苏辙也因为文定公的这句话，一生将其引为忘年知音。

6

很多事情都证明苏辙确有强干的政治才能。他看问题极为透彻精辟，处理问题也相当讲究方式方法。

在苏轼身陷囹圄之际，与三苏关系极好的张方平也受到了牵连，被罚红铜30斤。这在当时已属重罚！苏轼作为当事人才只被罚8斤红铜而已。但老先生不顾自己的安危，还是决意上书营救，并派儿子张恕进京投书。因为事关重大，张恕犹豫再三，最终还是没敢投出去。后来苏辙得知此事，竟大为庆幸，认为苏轼得救不死，竟是张恕的不投之功。

为何这样说？

在苏辙看来，说到底，苏轼并没有犯下什么死罪，"独以名太高，与朝廷争胜耳"！而张方平却偏偏在信中将苏轼誉为"天下奇才"，以当时的情形，这样的溢美之词无异于火上浇油，只能更加激怒神宗。而要救苏轼，必须另辟蹊径。

北宋开国皇帝赵匡胤曾给后人留下了一块神秘誓碑，上有三条遗训，其中一条就是"不杀士大夫及上书言事人"。北宋崇文抑武，文人一直受到非常高的待遇，自开国以来未曾有过杀士大夫的先例。而在苏轼一案中，倘神宗开了先河，一是会违背祖宗遗训，二也将在历史上留下极为不光彩的一笔。这恐怕是任何一个皇帝都有所忌惮的。因此，苏辙其实早已料定神宗不敢杀苏轼。在当时十分危急的情势之下，苏辙仍能镇静自若，不乱方寸，不失理性，足见他的老到、练达。

苏辙不仅有政治识辨能力，最重要的是他参政议政的态度。读他的一些奏章，虽已横隔900年，仍能深切感受到那种扑面而来的胆气和智慧。如他不惧触怒天颜，上书皇帝，提出了君子与小人不可并处的观点，意在反对神宗意欲调和新旧两派力量的做法；他还曾在另一篇奏折里，向皇帝直言"重臣"与"权臣"的区别：重臣忠言敢谏一心为国，但很容易被人误解。而权臣往往都有着迷人的假象——

"必将内悦其君之心，委曲听顺，而无所违戾。"

而其危害却实在不可小觑——

"外窃其生杀予夺之柄，黜陟天下，以见己之权，而没其君之威惠……然后权臣之势遂成而不可拔。"

后代有人评价苏辙此文，"议论精明，笔势柔缓，人主见之，真足以耸心动听"。

他的忧患意识、民本意识也一点不比苏轼差的。

宦海浮沉，很多人变得麻木世故圆滑，只看自己该看的，只做自己能做的。苏辙却一直喜欢多管闲事。他的《久旱放民间积欠状》《论蜀茶五害状》《乞葬埋城外白骨状》《乞振救淮南饥民状》《乞招河北保甲充军以消盗贼状》《乞罢青苗钱状》等奏章，所涉问题几乎事无巨细，从中尽可以体会到他对民间疾苦的感知能力和悲悯情怀。

7

仁宗、英宗时期，苏辙却一直没怎么得到重用。到了神宗这儿，因为辙屡屡上书论事，神宗对他印象颇深，读了他的折子，认为他"潜心当世之务，颇得其要，郁于下僚，使无所伸，诚亦可惜……"当日便召对延和殿，并任命他为制置三司条例司检详文字。

一不小心，苏辙进入了变法派王安石的权力中心。

条例司是王安石向全国推行新法专门设置的权力机构，独立于朝廷的其他传统权力机构之外，不受任何约束，只听命于皇帝一人。这无疑是一个翻云覆雨炙手可热的特殊所在，很多像苏辙这样被招入麾下的人才，无不成为王安石的心腹干员，鞍前马后，尽心辅佐。唯独苏辙，壮怀激烈，不改本色。他并不因为受到重用而受宠若惊，更不因此放弃自己的政治立场。他坚定地支持兄长苏轼的改良思想，不断站出来否定王安石的激进变法主张。他公开反对王安石，屡陈新法害人，以至于民不聊生。

王安石变法期间曾就盐禁问题征询苏辙的看法，苏辙坦然相告：民间煮盐贩盐，是因为有利可图，恐怕一时很难禁绝。王安石却认为是"法不峻"的缘故，即惩处力度不够！他举例说，一个村子里有百家贩盐，现在往往只有一两家被官府发现查处，倘若一村能揪出二三十家不法分子，民间自然就不敢了。苏辙却大不以为然——

"今私盐，法至死，非不峻也，而终不可禁，将以何法加之？"

这句反问极有水平：难道还有比死刑更严厉的法吗？

而为了彻底消除王安石的重惩思路，苏辙深刻再论——

"如此，诚不贩矣，但恐二三十家坐盐而败，则起他变矣！"

好比一个人的肌体出了问题，仅仅在局部下猛药杀菌消炎，则不仅无助于问题的解决，反而可能引发更严重的后果。从这段历史上有名的对话，很能见出苏辙的论政风格：他不仅直率敢言，眼光也比王安石老到深远。苏辙看到了问题的关键，正如他在《上皇帝书》中所说："今世之患，莫急于无财。"当务之急是富民，而非以酷刑夺民之利。老百姓致富的途径多了，谁还愿意冒着生命危险再去贩盐呢？

三苏都与王安石不相投契。老苏甚至专门写过一篇《辨奸论》，骂他"阴贼险狠，与人异趣"。老苏是性情中人，他从生活常识出发，认为"夫面垢不忘洗，衣垢不忘浣，此人之至情也"。而这个王安石在生活中却极为邋遢不讲究，用老苏的话说，是"衣臣虏之衣，食犬彘之食，囚首丧面而谈诗书，此岂其情也哉……"穿犯人那样的衣服，吃的是猪狗食，却张口闭口诗书礼仪，天底下有这样的事吗？由此，老苏认定他为"大奸佞"，其所施行的新法也必将祸国殃民。老苏骂得可谓痛快淋漓！苏辙算是晚辈，不能太过分，却也对王安石作出了"强狠傲诞"的评价，又在《诗病五事》中，直言"王介甫，小丈夫也"。而当他发现以一己之力根本无法撼动王安石的新法集团后，便断然辞职，去了河南府。眼不见为净！

由此可见苏辙之果敢、之纯粹、之分明。

他绝不苟且，绝不长袖善舞、左摇右摆。

8

苏辙后来官做得比苏轼大。这倒在其次，关键是他扳倒了几个大人物：

蔡确、韩缜为左右仆射（也即正、副宰相）时，可谓权倾一时。苏辙却一个状子把二人都告了。在《乞罢左右仆射蔡确韩缜状》里，他弹劾蔡确"险佞刻深，以狱吏进"，"随时翻覆，略无愧耻"。状子很快有了结果：首相蔡确被罢，知陈州，被赶出了京城。司马光取而代之，成了左仆射。副相韩缜却丝毫没受到这场风暴的影响，依然稳坐钓鱼台，做他的右仆射。

史载，韩缜其人，为官"暴酷"，一次夜宴宾客，一位下僚酒喝多了，晕头晕脑进了韩缜的深宅后院，不小心看到了韩的侍妾，韩缜大怒，当即令军校以铁裹杖将其锤杀至死。以致时人谈韩色变，有"宁逢乳虎，莫逢玉汝"（韩缜字玉汝）之说。刚刚产崽的母老虎，是出了名的凶狠，可人们宁愿碰见母老虎，都不愿和韩缜沾边，可见此人的心狠手辣！

苏辙却不怕他，联其其他谏官，指斥韩缜"才鄙望轻"，且在政治履历上有重大瑕疵："在先朝为奉使，割地六百里以遗契丹，边人怨之切骨，不可使居相位。"但是，这次上疏依旧无果。苏辙越挫越勇，接连上书《乞罢右仆射韩缜札子》《乞黜降韩缜状》《乞责降韩缜第七状》《乞责降韩缜第八状》……保守估计，苏辙一人为罢免韩缜之事接连上书皇帝不少于八次，加之其余谏官的一起，"章数十上"，终于将韩缜拉下相位。在乞罢韩缜一事上，苏辙表现出的固执和勇猛，令人动容。

蔡京，北宋历史上最为有名的权相。先后四次问鼎相位，执政长达十七年之久，后被太学生陈东等人斥为"六贼之首"。苏辙早在蔡京任职开封府时就看出他的真实面目："新进小生，学行无闻，徒以王安石姻戚蔡确族从，因缘幸会……"在任职开封府之时，蔡京故意扰民，对贪污多所包庇，苏辙为此也曾先后写了五道奏折，如《乞罢蔡京知开封府状》《言蔡京知开封府不公第五状》等，弹劾蔡京。

吕惠卿，王安石集团的核心人物，先是极力逢迎，后来却背叛王安石，自己摇身一变成了帝国的副相。典型的权臣、弄臣。苏辙鄙夷其投机嘴脸，一口气上了三道折子，请求"诛窜"吕惠卿。

……

官场上因为立场和利益关系，一直都有着各种明争暗斗，古今皆然。北宋因文人政治，更显得突出、激烈，并因而呈现出一种独特、鲜明的政治生态。我们仅仅从这几件事上，便可大略看出苏辙之率真、刚直、勇猛。他敢硬碰硬，完全不顾及以卵击石的后果将是多么惨烈！

9

"乌台诗案"是一个界限。

苏轼虽死里逃生，兄弟二人却一起跌到了政治低谷。但哥哥好了伤疤忘了痛，忘了祸从口出的教训，忘了御史台狱中的屈辱，故态复萌，口不设防，又开始把谁都当知己。他去江西看望老弟，弟弟"尝戒子瞻择友"，以避口舌之祸。哥哥当然也明白："眼前见天下无一个不好人，此乃一病。"临别之际，弟弟设宴送至郊外，却"不交一谈，唯指口以示之"。巨大的现实变故，可怕的生死考验，都使苏辙不得不变得谨慎起来。

林语堂说苏辙："每向兄长忠言规劝，兄长颇为受益。"

但苏辙也越来越发现了一个事实：苏轼的乐天性格已是无可救药，他根本听不进劝。

算了，由他。

苏辙拿他没辙。

查阅苏辙年谱，这一段时间里，尽管压力山大，却并没耽搁他会友人、游山水，一路上写下了《过龟山》

《高邮别秦观》《扬州五咏》《游金山》《初至金陵》《池州萧丞相楼诗二首》《过九华》《佛池口遇风雨》《陪轼游武昌西山》《自黄州还江州》《游庐山》《南康阻风游东林寺》等大量诗作。

这需要怎样的胸怀和气度！

在轼得意时，辙是他政治上的同盟者和追随者，兄弟二人，"进退出处，无不相同"。"嗟余寡兄弟，四海一子由"，轼一生最怕的，便是与弟弟分别。每一次分别，他都有强烈的痛感。"亦知人生要有别，但恐岁月去飘忽"，轼往往一边劝慰着弟弟不要伤感，自己却暗地里感伤不已。有了好东西，轼总是第一个要拿给弟弟看，辙则以最大的热情领受、回应兄长的心意——"愿从兄发之，洗砚处兄左。"（《子瞻寄示岐阳十五碑》）；在轼失意之时，辙往往也被牵累贬谪，他却与兄"友爱弥笃，无少怨尤"。

他是不离不弃的友爱者、呵护者。无论进退，北宋的星空下都流转着兄弟二人诗词酬和、相慰共勉的温暖声音。

辙的亲情滋养，辙的忍辱负重，辙的忠厚宽善，辙的义薄云天，对轼的精神世界是最重要的支撑。

一定会有人说，如果苏辙的生命里没有苏轼，他在文学史上的地位必定不会如此显赫。但如果在苏轼的生命里少了苏辙这个关键词，东坡这一文化奇观也必定要少了许多重要的景致。这景致，因为有温度有泪光有绝处逢生柳暗花明而更具撼人心魄的力量。

10

苏轼是典型的诗人气质。相较之下，苏辙更为凸显出一种批评家气质。

仅仅从其论诗，即能看出苏辙当年的犀利。

李白的浪漫主义气质，历代都受到文人们的追捧。但与这种主流观念不同，苏辙并不喜欢李白，更不同情他后来的遭际。他写《诗病五事》，开篇便批评李白其人"华而不实""好事喜名"，并颇具意味地提出，正是他的这一性格特征，使其后来所遭受的流放命运成了必然。他还点评其诗"不知义理"，尤其是李白备受世人称赞的"游侠诗"，更被苏辙辛辣抨击为"白昼杀人，不以为非"。他比较杜甫与李白的最大不同，乃是"杜甫有好义之心，白所不及也"。

苏辙是非常推崇杜甫的，认为"附离不以凿枘，此最为文之高致耳"。这一点，杜甫诗文确是做到了。因此，"予爱其词气如百金战马，注坡蓦涧，如履平地"。他又拿白居易和杜甫比，"白乐天诗词甚工，然拙于纪事，寸步不移，犹恐失之，此所以望老杜之藩垣而不及也"。

他对韩愈、孟郊等也有讥评，认为"唐人工于为诗而陋于闻道"。

最犀利的，莫过于他对王安石《兼并》一诗作出的"诗病最酷者"的诊断结论。缘何？《兼并》是王安石尚未得志时的诗作，抒发了他早期欲救贫民于水火的政治情怀。苏辙却对其所体现的"不忍贫民而深疾富民"这一治国思想大不认同，指出其后来变法的实质是"享上"，是唯上不唯下，以至于"民遂大病"，百姓最后只得"卖田杀牛以避其祸"。在苏辙看来，《兼并》一诗正是王安石政治思想的祸端。

11

主角与配角，往往只有一步之遥。

但主角只能有一个。

兄弟俩的起步原本一样高。是在哪一个历史节点上，拉大了二人的差距？

辙与轼在同一年高中礼部进士。而苏辙比苏轼要小三岁！这是不是足够证明苏辙的才思实力？苏轼则屡以西晋"二陆"自况他们兄弟才学："当时共客长安，似二陆初来俱少年，有笔头千字，胸中万卷。致君尧舜，此事何难。"

苏轼文名远播，他却最看重弟弟的文才学识，不仅于内对苏辙说："吾视今世学者，独子可与我上下耳。"又多次向外人炫耀："子由之文实胜仆，而世俗不知，乃以为不如。其人深，不愿人知之，其文如其为人，故汪洋澹泊，有一唱三叹之声，而其秀杰之气终不可没。"如果说这句话难免溢美的成分，那么，在读了苏辙写的《超然台赋》后，苏轼的评价则显得客观了许多："子由之文，词精理确有不及吾，而体气高妙，吾所不及，虽各欲以此自勉，而天资所短，终莫能脱。至于此文，则精确高妙，殆两得之，尤为可贵也。"

至少在苏轼看来，俩兄弟在文章上各有短长，几乎打了个平手。

苏轼两次说到了苏辙文章的"高妙"。

而仔细揣摩"高妙"之谓，却终究难免刻意"作文"之嫌。苏轼之文，贵在如泉流淌。相比之下，苏辙少了一些自然天成的味道。对于这一点，辙倒是坦诚得多，他的评价可谓一语中的——

公之于文，得之于天。

子瞻之文奇，余文但稳耳。

一奇，一稳。

真是文如其人。

但苏辙简单将兄长之"奇"完全归结为"得之于天"，是天赋其才，其实并不尽然。诗文之奇，一定源自人生景观之奇。所谓"愤怒出诗人"，苏轼经历了"乌台诗案"，哀鸣百日，大难不死，出狱后，以他"不外饰"

的性格，竟闭口不提狱中遭受的垢辱和煎熬……不在沉默中死去，就在沉默中爆发。在他遭贬黄州之后，他的诗词才情之所以能够呈现出喷涌之势，那是愤怒对他潜在能量的一次激发和引爆。

连苏轼自己都无法解释这种创作上的高潮，他只是很形象地表示——

吾文如万斛泉涌，不择地皆可出。在平地滔滔汩汩，及其与山石曲折，随物赋形，而不可知也。所可知者，常行于所当行，常止于不可不止，如是而已矣。其余，虽吾亦不可知也。

对于苏轼遭贬黄州前后的写作变化，苏辙明显有"震感"：

其（轼）文一变，如川之方至，而辙瞠然不能及矣。

又说:

> 东坡黄州以后文章，辙虽驰骤从之，而常
> 出其后。

哪里只是"其文一变"！分明是御史台的百日炼狱，使苏轼精神上为之痛苦蜕变。至此，苏轼始为东坡。

黄州算得上是一个里程碑。兄弟至此，在文学创作上的距离开始拉大。

一个日益光彩夺目，一个渐趋亚光内敛。

何也？

12

不得不说说筠州之地。

苏轼在黄州时，苏辙在筠州。

黄州对铸造东坡的意义无可置疑。同样地，筠州也造就了后来的苏辙。

苏轼在黄州选择了诗性大爆发，苏辙则在筠州陷入

了低回和沉思。

他从前对颜回"箪食瓢饮，居于陋巷"的孤绝生活方式是很不以为然的，认为人虽然不必为仕，却也不必不为仕，人生苦短，"何至困辱贫窭，自苦如此"。但在贬官筠州后，"勤劳盐米之间，无一日之休"，无情的现实，使他重新思考颜回的选择，并开始有所顿悟：

> （颜回）之所以甘心贫贱，不肯求斗升之禄以自给者，良以其害于学故也。
>
> 故其乐也，足以易穷饿而不怨，虽南面之王不能加之。

同样面对仕途困顿与人心险恶，苏轼是以汩汩滔滔的诗词创作完成了由内而外的喷发、宣泄。而苏辙不同。他从一个热心吏事、有所抱负的人开始走向自我、走向对个体生命意义的内省。

他选择了一个由外而内的历程。

他在晚年诗作中，无数次提到了颜子，对其居于陋巷、一箪食一瓢饮而不改其乐的志向念兹在兹。我们随手便可以摘得这样的句子：

> "卜宅先邻晏，携瓢欲饮颜""何以待君子，
> 箪瓢容一升""小园花草秽，陋巷犬羊俱""陋
> 巷正与颜生同，势家笑唾侰见容""晏家不愿
> 诸侯赐，颜氏终成陋巷风""颜曾本吾师，终
> 身美藜藿""陋巷何妨似颜子，势家应未夺萧
> 何""名园不放寻芳客，陋巷希闻载酒车""摇
> 落南山见，凄凉陋巷偏""佳节萧条陋巷中，
> 雪穿窗户有颜风"……

太多太多。

苏辙的孙子苏籀曾有记载，祖父晚年常说的一句
话是——

> 颜子箪瓢陋巷，我是谓矣。

晚年的苏辙，终于完成了向颜子精神的回归。

13

两兄弟精神走向的不同，除了党争倾轧、宦海浮沉等等外在因素的磨砺，是否还缘于其他？

苏辙在其《服茯苓赋》一文中透露了一个至关重要的信息：

> 予少而多病，夏则脾不胜食，秋则肺不胜寒。治肺则病脾，治脾则病肺。平居服药，殆不复能愈……

看来，苏辙自小就体弱多病，这使他总显得体力不济、活力不足。

苏轼也曾在《东坡志林》中记载了这么一件小事——

> 子由之达，自幼而然。方先君与某笃好书画，每有所获，真以为乐。子由观之漠然，不甚经意。

苏轼与老父苏洵每得到一幅心仪的字画，爷儿俩必欢天喜地展卷饱览，苏辙看了，却像个局外人一般，一脸的漠然，完全无所谓的样子。

　　苏轼将之解释为"达"。但苏辙之"达"，恐怕还不能与今天的"达观"来画等号，其意或更接近为人之"淡"。他物欲不强，晚年尤其澹然无求。不像他的哥哥，走到哪里，都是要有美酒美食美景美人陪伴在侧的。轼的一生，元气饱足，欲念多多。他甚至拼死吃河豚，身边也不乏朱颜红袖。但那些之于苏辙，却不是必需品。据史载，苏辙一生只娶了史氏一人，未见其有侍妾。

　　苏辙病体直到32岁才有所好转。那一年，他得了一个偏方：

　　"道士服气法。"

　　也就是所谓的气功。他坚持练以"服气"之道，加之采食茯苓，这使他受益良多。尤其是他越来越发现了茯苓之妙，如"解急难于俄顷，破奇邪于邂逅"。"如久服则能安魂魄而定心志，颜如处子，绿发方till；神止气定，浮游自得。然后乘天地之正，御六气之辨，以游乎无穷……"

他对于身体的观察如此细致，对于茯苓的功用如此花费笔墨，近乎夸张了。我们却不难看出，此时的苏辙，与当年那个敢于面斥仁宗皇帝的苏辙，已有了多大的不同。

苏辙体弱，却偏偏比苏轼寿长八年。

或者，正是由于苏辙注重内敛喜欢养生的缘故？

在其《次韵子瞻和渊明饮酒二十首》中，他总结自己的一生：

> 少年喜文章，中年慕功名。自从落江湖，
> 一意事养生……

晚年苏辙又有诗云：

> 老去自添腰腿病，山翁服栗旧传方。客来
> 为说晨兴晚，三咽徐妆白玉浆。

老人易患腰腿疼的毛病，苏辙则学山翁用板栗补肾的方法，每天早晚各取三枚新鲜板栗，放在口中细细咀

嚼，直到满嘴白浆，再徐徐咽下……

这时候，他的兄长、"吾师"已然仙去。晚年的苏辙，虽然努力养生，但他所有的文字，都散发着一种无边的寂寞。

比亚兹莱：插画界最亮的星

比亚兹莱（1872—1898）
是 19 世纪末最闪亮的英国插画艺术家之一，
他先后为《亚瑟王之死》《莎乐美》等名作绘制插图，
受到作家王尔德等人激赏。

他的画风受拉斐尔前派、印象派、
古典主义、巴洛克、日本浮世绘等风格的影响，
但又独树一帜，具有强烈的个人风格：
唯美却怪诞、华丽且颓废的气氛，
简洁流畅的线条与强烈对比的黑白色块，
为当时的新艺术运动带来了震撼性的冲击，
持续影响着现代与当代、东方与西方的艺术创作。

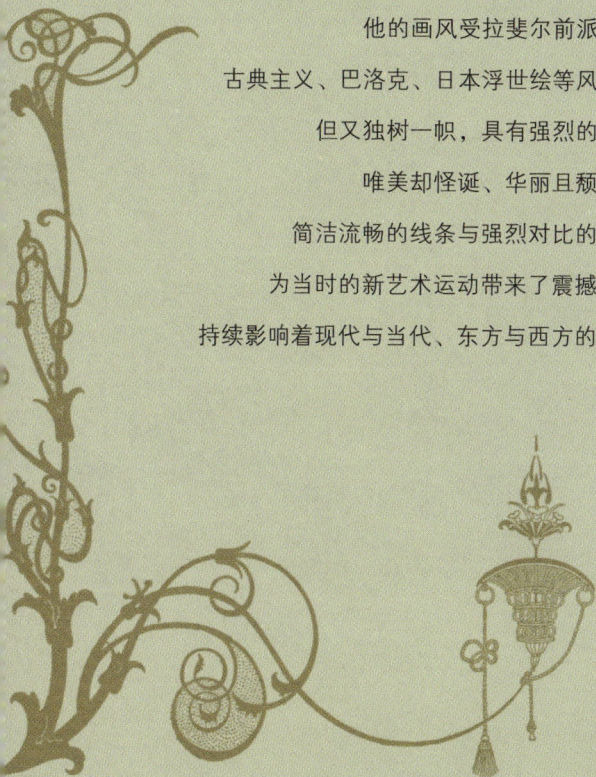

鲁迅评价道：

"没有一个艺术家，作为黑白画的艺术家，

获得比他更为普遍的声誉；

也没有一个艺术家影响现代艺术如他一般广阔。"

早在 20 世纪 20 至 30 年代，

比亚兹莱就在中国引起了一阵旋风，

鲁迅、梁实秋、徐志摩、闻一多、郁达夫……

无不为他的作品所倾倒。

百余年后的今日，

他的作品仍历久弥新，

深深撼动着人们的精神。

奏琴的女子

《黄皮书》杂志封面

小丑

读书的女人

夺发记

VENUS.

金星和唐怀瑟

ARTHVR AND THE STRANGE MANTLE

亚瑟王与奇异的披风

圣罗撒的升天

怨气的洞穴

OSCAR WILDE AT WORK

By Aubrey Beardsley

工作中的王尔德

莎乐美的梳洗室

书店里的女人

游艇

灰姑娘的水晶鞋

屠隆：昙花一梦，遍地虚空

赵柏田

文坛领袖王世贞，一向视他为"真才子"，算是很看重他才华的，此案一经发布，就断定屠隆是被自身的才华给害了，以沉痛的语气感叹说，即使把屠隆老家宁波东钱湖的水全部起底，也洗刷不掉文人无行四字。

1582 年冬天，屠隆离开青浦前往京城，参加礼部三年一度的述职考评——即所谓"上计"。事毕，回到浙江老家，不久就接到了就任礼部仪制司主事的任职通知。由七品县令擢升从六品的京官，在等级森严的帝国官场只是爬了小小一步，却也是中枢部门对他在青浦任上辛勤劬劳、仁民爱物的表彰。只是苦于盘缠用尽，他在乡迁延了半年多都无法赴京履任，最后总算得到了一个朋友的资助，才于第二年秋天促装北上。尽管这个华丽派戏剧家一向疏于政事，在辖所那几年基本上是个无为而治的甩手掌柜，但当他转道青浦前往京城时面对数百名一路尾随着送别至太仓的当地士民，还是对这停留过五年的地方生出了一丝留恋，感动之余，更有抱愧：

我在邑无状，何从得此？

"无状"，当是这个自许为"仙令"的风流县令对公务之余私生活的自谦自抑，但此二字，也是他在这江南温柔乡沉缅声色之乐的绝好写照。青浦古称由拳，居云间之西，系松江府三县之一（**另两县为华亭、上海**），民间物产之阜、享乐风气之盛自非他曾经任职的安徽颍上这种穷僻地方可比，且相去昆山不远，那念白儒雅、婉转入耳的苏州评弹、昆曲南戏早就传遍了坊间和缙绅人家的院堂。此番北上之际忆想起这五六年间的历历往事，最让他动容的，自非公馆衙门里如何案牍劳形、如何卧听竹声萧萧，而是那一场场诗酒盛会，那一声声烟水般清婉妩媚的昆曲小唱了。

得意之际，他自然不会想到，此地有一双怨毒的眼睛如一片湿漉漉的树叶般贴住了他的后背。在他陶醉于佻达、不拘的名士做派的那几年间，已不知不觉间树下了一个敌人，那迟至两年后射来的一箭最终将使他在京城身败名裂。

一入都城屠隆马上就体会到，京官生涯实不过一袭华美的袍子，外里光鲜，内里的窘迫唯有自知。在帝国庞大的文官躯体中，礼部仪制司是个盲肠般可有可无的部门，没多少实权，在到京后不久写给同乡诗人沈明臣的信中他说，这官差实在清闲得很，每天平明入署，如坐僧舍一般，只是身为小吏，日日以笔札事人，如同大户人家办喜事的吹鼓手一般，实堪烦扰，还动不动要给上司送礼，自己薪俸又低，囊中常空，连请朋友喝一顿酒都要拿妻子的首饰和仅有的一根银腰带去典当，哪有那么多闲钱去谒客投刺？经济上的困窘不去说它，最受不了的还是京城的风沙和泥泞。出门骑马，风沙被面，出去一趟就要戴面罩，风起飞尘满衢陌，归来下马，两只鼻孔黑乎乎的就像烟囱一般。更不堪的是夏天暴雨过后，由于地下排水不畅，积水深的地方几乎及鞍膝，且马屎和沙土混作一处打着旋，整个北京城就像个超级大泥潭，真要有骑马冲泥的劲头才能够突围而出。每当这样的时候他就特别想念青浦，想念那儿的九峰三泖、鸥凫菱芡，想念和沈明臣、冯梦桢等一帮朋友趁着月色荡舟的小湖，世界上还有比那儿更宁静的地方吗？江村夕阳，渔舟投浦，返照入林，沙明如雪，几乎仙境般一尘不染。

京师纵有千般不是，也有一样好。别人看京城是污浊的权力场，在他是个一逞才情的大戏台。到京没多久，他就携着在青浦时写就的《紫毫记》等传奇在上流社会的私人堂会上客串登场了。这位来自南方的官员能写又能演，且扮相俊美，一时成了京城地下娱乐圈里众相延揽的人物，达官贵人竞相与之结交，正所谓他自题的"争设琼宴借彩毫，朝入西园暮东邸"，数不尽的饭局、宴集让他恨不得多分出几个化身来才好。这其中有一位对他极是崇拜的侯爵大人不可不提，此人是西宁侯宋世恩，其先祖宋晟，曾在永乐年间以征西功封西宁侯，传至宋世恩已是第十代。这宋世恩虽系一"纨绔武人子"，凡贵公子身上的习性他都有，奢靡、放纵、好客，却又雅好文艺，恂恂如一儒生，在一次私人聚会上经人介绍结识礼部屠主事后，非要拜在他门下学习辞赋，且要兄弟相称，与之"通家往来"。对于日子都紧巴到了要靠银带换酒的屠隆来说，有这样一个阔朋友当然也不错，看宋世恩执礼甚恭，屠隆也就成了侯府常客，经常与之宴游唱和，听戏作乐。除了这个新朋之外，还有一个旧知不可不提，那就是万历五年进京会试时结识的青年剧作家、江西临川人汤显祖，在选经前首辅张居正打压后，经六年冲刺，此时也春闱及第，观政礼部，和他成了同事。如果不是接下来发生的事，屠长卿在京城上班、读书、喝酒、看戏，也算是过得很舒心了。

西宁侯夫人是一位色才兼具的大家闺秀，且工于戏曲音律，那位时常出入她家的新晋礼部主事早就引起了她的关注。每当屠隆脱了官服，走上戏台扮作优伶即兴串演时，年轻的侯爵夫人就会坐在微风吹晃的帘箔后面欣赏此人演技。有时中场休息，细心的夫人还会嘱下人给屠隆送上一杯香茗。本来这只不过是女主人的关心，再加侯门深宅里一个女人的一点倾慕，未必有关男女私情的，但在一个道德政治的年代里，被别有用心的人一渲染，这事儿就被放大了。

那个对屠隆有着啮齿之恨的人叫俞显卿。此人字子如，号适轩，原籍松江府上海县，屠隆任青浦令时，此人还只是一个举人。据说屠隆任青浦令时，俞有事干谒，屠隆可能是不太喜欢此人，会面时就不怎么把俞某人放在眼里，谱儿摆得老大，言语多有轻慢，这就得罪了他，使后者怀恨于心。不想万历十一年这俞显卿也中了进士，分到刑部任主事，不是冤家不聚头，多年前仇恨的沉渣泛起，屠隆的好日子要到头了。

1584年秋天，宋世恩从南京解府印回到京师，在自家府第置酒演戏，大宴宾客，到场亲朋好友十数人，屠隆自然在邀。酒酣乐作，客醉淋漓，主人两度起立向屠隆敬酒，屠隆回敬一杯。趁着酒意，宋世恩再度提议要与屠隆结为通家之好，他的妻子将择日去屠家拜访老太太和嫂夫人。座中客人见主人对屠隆如此看重，自然对屠隆更要高看一眼，是日宾主尽欢而散，不提。

但还没等到宋世恩偕妻造访，一道弹劾礼部主事屠隆的论疏已然送到了万历皇帝面前，上疏者即是任职才几个月的刑部主事俞显卿。侯府酒宴才过去没几日，俞显卿的弹劾这么快就发动了，这让屠隆事后回想不寒而栗，原来一直被人家盯着呢，可怜自己一直未有警觉！俞显卿此疏指称屠隆"淫纵"，有伤风化，中有"翠馆侯门，青楼郎署"等轻薄言辞，还隐约牵涉勋戚闺帏。本来纠察风纪是监察御史和六科给事中等言官的职责，刑部主事的职司是辅佐上官掌所司分省的刑名，俞某人以此不相干的身份上疏弹劾，实有捞过界之嫌，属于不懂官场路数，"出位渎奏"，但此人急图报复，也就顾不得那么多了。

在这起传得沸扬一时的劾案中，屠隆和宋世恩及其夫人交往的一点一滴被别有用心者渲染夸大了。有关屠隆和侯门里的一位尊贵貌美的夫人在戏台下私相授受、眉目传情的绯闻，在京城的缙绅阶层、上流社会悄悄流传着，说他"狭邪游，戏入王侯之室，灭烛绝缨，替遗饵堕，男女蝶而交错"，种种猜测和臆想的细节之暧昧之荒唐，足够让听者心惊肉跳。这些带着色情意味的传言难保不飞进宫中，飞进年轻的万历皇帝耳中。在这个历来讲究礼教的国家里，这些伤人于无形的流言已够让那位爱好文艺的深闺女子受的了，事情到了这个份上，不管她多么清白，她已经很难一面与这个男子继续交往，一面又不受飞短流长的中伤，何况，事儿都已经捅到了皇帝那儿。

此事发生时的万历十二年，岁在甲申，时维十月，距以铁腕手段著称的宰辅张居正去世方两年，刚尝到权力滋味万历皇帝朱翊钧还颇思一番振作，否则，以他后来出了名的怠惰和爱磨洋工，才懒得理两个小小的六品文官那档子破事儿呢。这位一心想以励精图治的明君形象出现在臣民面前的皇帝接到此疏，自然极为恼怒，派有司稽访此事，事出有因，了无实状，便以各打五十大板了结，俞显卿涉嫌挟仇诬陷，所上论疏又大失文臣体面，被罢去刑部主事职务，礼部主事屠隆被坐以诗酒放旷，遭革职斥逐。此案配角西宁侯宋世恩则被罚俸禄半年。

在这起盛传一时的风化案中，时人对屠隆多抱同情态度，对俞显卿，则大多视之为挟私构诒、反复无常的小人。但此案无关政局博弈，不过牵涉两个下层文官的恩怨，来京城才一年多（准确地说是一年零两个月）的屠隆又没什么根基，终于也没有人为他奏章鸣冤。两个当事人，俞显卿不顾牌路，暗箭伤人，最后搬起石头砸了自己脚，自是小人遭报；屠隆被他捏住道德上的软肋，自然也是百口莫辩。

查屠隆在青浦知县任上的五年间，他与俞显卿一开始并不是水火不相容，万历八年屠知县带头捐款倡议修建两陆祠（为纪念西汉时当地的两个辞赋作家陆机和陆云），作为地方缙绅的俞主动捐田土作祠基，博得了屠隆好感，并亲笔写入了祠堂的碑记，勒石以铭。然而短短几年，两人关系为什么会陷入如此僵局？屠隆说的"宿憾"又是缘何引发呢？屠隆说，随着交往的深入，他发现俞显卿此人的道德品行大有问题，两人关系恶化的原因，一是俞"暴横把持，乡间切齿"，自己曾以法裁之；二是"诗文相忌，积成仇恨"。因先前有过这些过结，这个睚眦必报的小人一直在伺机报复，刚入京没多久，他就被此人给盯上了。屠隆还说，俞显卿初任刑部主事，就构陷本部尚书潘季驯，排挤同僚，风波百出，搞得同僚都畏之如蛇蝎，自己不过是看不下去说了几句公道话，哪晓得传入俞的耳中，把他的仇恨之火扇得更旺了呢？

然而上海当地的官方史志提供的一份材料所描述的俞显卿完全是另一副面目，在刊刻于1871年的这本县志里，削职回乡的俞被描绘成了著述等身的学问家、一个道德苦行主义者。父母去世无钱下葬，他出卖园子为他们觅得一块墓地，严格按照守丧的礼仪蔬食三年。身居穷巷陋门，还花了数年工夫完成了同乡一个老儒生的嘱托，帮助此人在身后补订一部诗歌评论集，想尽办法为之募资刊刻。一个叫李绍文的本地作家在一本叫《云间杂识》的笔记里披露了俞显卿五十四岁那年神秘的死亡。俞晚年一直为无子所苦，一个方士告诉他，以巨龟肠和药，可生子，于是遍求巨龟。有人将常州市肆一户人家养的一只巨龟偷来，重金卖给俞，此龟大如磨盘，能解人意，饮食喝水，呼之立至，俞得之大喜，交给方士剖肠和药。李绍文说，俞当天晚上做了一个梦，梦见一个黑衣人来索他命，但求子心切的俞根本没当一回事。第二天，方士的药做成了，俞一勺入口，随即身亡，不数日，方士也患恶疾死去。俞显卿既然是吃了一口药就暴毙，李绍文又怎知那个有关黑衣人的梦呢？可见也是劈空结撰，道听途说据多。

1584 年的这桩劾案，让人心之叵测和世态之险恶在屠隆心中无比放大，也让他一辈子生活在道德阴影中不可自拔。他曾在一封写给友人的信中这般描述那次不光彩的铩羽南归："竟以仇人侧目，张机设阱，蕴毒既久，一发中人，毛羽摧残，声名扇败，窜逐归来。"一窜一逐，其狼狈可知。据说当他罢职回浙江老家途中，途经无锡时，有个朋友买了几百亩地劝他移居，但此时的屠隆郁闷难舒，既羞且愤，又因母亲念家心切，就谢绝了朋友好意。路经青浦县，又有当地百姓主动集资为之购买良田百顷，请前县令在青浦安家，屠隆心有所动，但这回夫人坚决反对，与当地朋友喝了三日酒，他只得怏怏告归。士可杀不可辱，就是饿死也不能食"谗夫"脚下土，仇人身处吴地，他甚至赌气再也不踏入此间一步。

此时，汤显祖已结束观政，调任南京太常博士，闻听好友风波跌宕黯然还乡，怕他看不开，来信劝慰，又赠数首送行诗，中有句云："长卿曾误宋东邻，晋叔讵怜周小史。自古飞簪说俊游，一官难道减风流。深灯夜雨宜残局，浅草春风恣蹴球"，把老友因风流韵事丢官与新近发生在南京的国子监博士臧懋循遭检举罢官一事等量观之，认为都没啥大不了的。就说那个臧懋循吧，性喜弈棋、蹴球，每次出门都把这些游玩的家生放在车后，还与宠爱的优伶一起披着大红斗篷、并马出凤台门，那些抨击他的人嘴里不说，心底里不知有多羡慕呢。

此后的屠隆邀游吴越间，一边寻山访道，说空谈玄，一边与声伎伶人为伍，卖文为生，只是那一段因传奇而起的文艺之缘未及盛放已如昙花开败，回想起侯府帘箔后那一双美丽而解语的眼睛，从此知音难再得，心底该郁积了多少惆怅与内疚？

晚年他游福建武夷，一个崇拜者在福州府任推官，经常邀他住在城中胜景乌石山南麓的半岭园，与当地文士唱和。某年中秋，主人在乌石山凌霄台大宴宾客，屠隆为祭酒，当地名士七十余人到场，场面很是盛大。前几年，对他的处罚已改为带冠闲居，这次大会，他着朝服、雇仪仗，很是出了一番风头。宴会时有好几个戏台班子串演剧目，一时间，场里一片喧腾，场外观者如堵。屠隆性子上来了，幅巾白袖跳进场中奋袖击鼓，击的是《渔阳挝》，时人记述当时情景："鼓声一作，广场无人，山云怒飞，海水起立"，屠隆先是流泪不止，继又大喊大叫，还拉着一个林姓少年的手非要人家写一首《挝鼓歌》送他，如此放浪形骸，让在场每一个宾客都耸然动容。

到了 1598 年，屠隆忽焉就快 60 岁了，这年秋天，西湖边桂花浓香弥漫之际，他又在杭州大会宾客，与他有过交往的稍有点名头的文林士子、菊坛名角悉数被邀。聚会的高潮部分，是屠隆命家养的声伎演出他新写的传奇《昙花记》。该剧取材于神经故事，说的是唐定兴王木清泰于一次郊游时弃家访道，遍游地狱、天堂及蓬莱仙境，十年后昙花开放时回到家乡与妻子一道成仙的事，然其中曲折，若非深知屠隆一生经历者很难破译。当时应邀与会有文坛晚辈、浙江秀水人沈德符，此人自小在京师长大，性喜收集政坛八卦，兼涉名人隐私，是万历十二年那桩绯闻案的知情者，然看了此剧也是一头雾水。沈德符于席间觥筹交错之际悄悄问坐在边上的冯梦祯老先生：

屠年伯排演的这出新剧，慷慨沉郁一如北宋年间辛弃疾歌千古江山风流覆盖被雨打风吹运河，到底有何典故？剧中那个木清泰到底是谁？

冯梦祯先生乃屠隆多年老友，闻听朗朗笑道：小朋友你真的不知道吗？说的就是宋西宁呀，木字增一盖成宋字，清字与西相对，泰字即宁之意也，老屠自恨早年孟浪，使小人有隙可趁，连累宋夫人清名受污，正堪大用的西宁侯宋世恩也断送了大好前程，此曲实际上是老屠的一篇忏悔文也！

沈德符这才恍然大悟，叹道：真是一篇着色《西游记》！后来在他的《万历野获编》一书中，专为《昙花记》

始末记上了一笔。

昙花一梦，满地虚空，此时，离该案配角宋世恩去世已有三年，侯府那位爱好戏曲的宋夫人则不知所终。

东海之滨，赤水之珠，屠长卿真的悔了吗？

从风光无限的京官生活一下子跌落尘埃，屠隆觉得就好像置身于一个不真切的梦里。生活的困顿不去说它，最难忍受的还是世人的白眼，尤其是来自那些不明底细的故交旧友的非议。

文坛领袖王世贞，一向视他为"真才子"，算是很看重他才华的，此案一经发布，就断定屠隆是被自身的才华给害了，以沉痛的语气感叹说，即使把屠隆老家宁波东钱湖的水全部起底，也洗刷不掉文人无行四字。王世贞之弟王世懋，早年也算是意气相投的，从青浦时期到京城，往来从不中断，一闻听他削籍东归，连写去的长笺也无片语回复，真正是弃他如遗迹。还有一个订交很早的老友，即日后出任内阁首辅的王锡爵，听说屠隆因"淫纵"被逐，也是宁信其有，不作任何声援。这几人论职务、论官场声望都远在自己之上，关键时刻怎么就不肯出头替自己说几句话以正视听呢？

最令他痛心的是同乡诗人沈明臣的反目。沈从未考中功名，布衣终身，以耀眼的诗歌才华名动东南，与当时文坛名流都有结交，两人虽同为浙东鄞县人，神交十年却从未一晤，1564年在南京兵部尚书张时彻家中首次见面时，皆有一时瑜亮之感，一个称一个李白再世，一个夸一个"真非常人"，自此互引知己，经常一起诗酒唱和。沈名臣一副名士做派，一年到头，不管是出门还是会客，总喜欢穿各种款式的红衣，人称绯衣公，两人关系熟络后，屠隆曾打趣说沈的红衣有各种效用，春衣用以骑马，夏衣可以拥妓，秋衣用以垂钓，冬衣用以赏雪。屠隆任职青浦时，沈明臣在万历七年、八年至少有三次和朋友们一起来看望过他。沈明臣经济拮据，屠隆经常从可怜的一点俸禄里拿出一点接济他，后来到了京城，也常给老家的沈明臣寄各种物品。这次栽大跟斗罢了官，他也是第一时间写信告诉了沈明臣，告知他待河水解冻后就南行回家，只是邮路梗阻，这封万历十二年十一月十七日发出的信，等到沈明臣收到已是第二年的梅雨季节了。沈明臣讶其迟来，写信又不知寄往何处，写了一首诗表达盼归的急迫心情，在诗里他把屠隆比作诗人杜甫，把自己比作锦里先生，说自己和家乡的父老已经准备好了美酒，欢迎屠隆早日归来。

屠隆到哪里了呢？万历十二年隆冬，屠隆"布衣皂帽"出京，说是"萧然一骑出都门"的洒脱，实际上又是老母又是妻儿，八口之家走得很是辛苦。两年前上京赴任都要朋友资助，丢了官千里南归，盘缠更是个大问题。他先是应友人张佳胤之邀到潞河、檀州（**今北京密云、通县一带**），从时任蓟州兵备使的故旧顾养谦那里讨到了一笔钱，尔后从运河坐船，一路经山东清源、江苏盐城、扬州、镇江、无锡南归，其间同年接待、故旧来慰，不一而足。"挂帆南下，风日渐佳，海月江云，遂落吾手"，运河两岸风景自是不错，然心情也不会如他自吹的那么好。在盐城射阳湖舟中与王锡爵见面时，未来的首辅大人教导屠隆，这番遭祸虽不可预料，然深挖思想根由，毛病还是出在受了太多老庄的毒，逍遥实为祸本，要他回到老家闭关息游，别再跑东跑西，一切以归乎简寂为要旨，这样或许还有可能东山再起。屠隆口中诺诺，说王大人的教导句句肝肠、言言精理，心底下自然老大地不服气，发暗誓再也不跟这班大人先生往来。这么着走走停停，舟抵杭州，已是荷花盛放的六月光景。此去家门已不过三百里，然盘缠告尽，天气又溽热难耐，于是在吴山脚下避暑三月，泛舟西泠六桥，看荷花，撷菱芡，登天竺，待秋风乍起，他才从西陵渡钱塘江，准备归家。

沈明臣在家中接到屠隆来信，告以九月九日抵家，沈正好有事要去苏州，怕错失与屠隆相见，于是推迟行期，在家等了数日，屠隆还没回还，只好发舟启程。九月十二日，沈明臣的船于夜间过绍兴，次日早晨抵达西陵，才知道前日晚上屠隆渡钱塘江东归，一时临风惆怅。"心中所期交臂失，天末谁将落梦边？"载着两人的船在万历十三年的秋天背向而驶，就好像寓意着他们的友谊在以后的日子里将渐行渐远，直至反目成仇。

从日后屠隆写给朋友们的那些衔冤叫屈的书信来看，屠、沈反目当在他回乡后的次年，原因则是沈明臣指责屠隆在"淫纵"一案中也有做得不对的地方，以"大义"切责，以致发生抵牾，关系破裂。屠隆为此大为恼火，因为在他看来，沈明臣这样说是明显袒护自己的切齿仇人俞显卿，使不明真相的世人对自己的"不德"更加信以为真。朋友交绝，他连沈明臣的名字也不愿提起了，信中更是一片恶声，称之为"老山人"，"此人使气好骂，有灌夫之病"，"老而多欲，口如蛇矛"。汤显祖南京回信所说的"宁人负我，无我负人，江海萧条，大是群鸥之致"，即是闻听屠、沈交恶之后的劝慰之词。此后两人虽同处鄞地，声息相闻，却老死不相往来，沈明臣背发巨疮，其大如碗，屠隆不去探望不说，说起来还一副幸灾乐祸的口气，称为"业报"；屠隆家里穷得揭不开锅了，沈明臣也从不上门。搞得王世贞都看不下去了，写信给屠隆要他"濡煦"沈明臣。屠隆的《白榆集》，先前因请沈写序，原稿在沈明臣处，他想讨回原稿也不自己出面，找了一个共同的朋友汪道昆，说自己"苦无副本"，请他帮忙讨回。1589 年，宁波地方政要委托屠隆主持修撰《普陀山志》，屠隆遍邀名士大僚约稿题咏，以沈明臣的声望自应在邀之列，屠隆也不直接找沈，而是找了远在北京任职的沈的从侄沈一贯，请他代为约稿。如此煞费苦心，实令人啼笑皆非。

"知己难哉！"被失望和愤懑烧灼着，屠隆变得偏执了，他把那些旧日的朋友分作两类，一类是站在自己一边，为自己的不公正遭遇说话的；一类是对自己不闻不问甚至落井下石的。他转而对自己曾经身处其中混得如鱼得水的士大夫阶层公开表示不满，那都是一帮趋炎附势的势利之徒啊，当你声名盛时，他们争相与你把臂论交，恨不得与你情同管鲍，一旦你遭谗去国，身名两摧，"生平心知，平怀观望……炎凉聚散，朝暮迥若两人"，他说他都有点被搞晕了，到底他们的哪副面孔才是真实的。

屠家本就寒微，祖上三世布衣，其父早年在甬江边的桃叶渡一带打鱼为生，在一篇自述家世的文章里，屠隆说，他当官的这些年里，有了一笔固定的俸银，经济总算有所好转，但自己为人急公好义，常拿这笔钱去接济穷朋友，为官多年也无多少存款。在刚回浙江老家写给一个朋友的信中，出于一种虚荣、矫饰的心理，他把自己的狼狈窜逐描绘成了对京城上流社会的主动放弃，说自己做梦也不会梦到此地了。他说自己刚回到家乡时，"远客乍归，亲朋来见，黄花白酒，日入陶然，大是愉快事"，描绘自己的乡居生活，说家有采芝堂，堂后有楼三间，杂植小竹树，卧房厨灶都在竹间，枕上常听啼鸟声。宅子西面有两株上百年树龄的桂花树，秋来花发香满，庭中一块空地上开凿小池，栽红白两色的莲花，池旁引种桃树数株，一到三月桃花开时，水中花映着岸上人，迷离曲折得简直如同传说中隋炀帝的迷楼一般……

透过这些华丽文字，真实的情形是，罢官后的屠隆一家八口，只能靠被海水咸卤侵蚀过的十七亩薄田为生。刚到家时，还有亲戚邻人前来探望，到后来，就很少有客登门了，以至于穷饥时不得不与老母一起下田间割马齿苋等野菜，掺入稻米为食，家人病了延请大夫上门，也找不到一文余钱照着医师的方子去药铺抓药。逼得再无路可走，他就只能去走鬻文卖赋的才子末路了。

巨大的生存压力下，如果再无一点精神的空间，那真要把人给生生闷死。逃禅，逃往山水，都是解脱。说是万念俱空、一丝不挂了才去潜心禅修，但实际上还是对现世俗务眼不见心不烦的逃避。1587年前后，屠隆去阿育王寺舍利殿前移植了一棵娑罗树，并把自己的书斋"栖真馆"改名为"娑罗馆"。这种产自东南亚带的高大树木，相传为佛祖释迦牟尼寂灭之所，也是文殊菩萨讲法的道场，听着风吹动树叶的碎响写下那四句八句的学禅心得，那一刻或许屠隆真感到了自己离佛法世界已经不远。1596 年，他跟随杭州云栖寺莲池法师修习佛法，入山三月，长斋挂戒，他自己都以为做得比真和尚还要好了，但法师早就看穿了此人禀性，不断绮语，不绝红尘，看他满口禅理，终究还是非僧非俗。

据他自述那几年的游迹，"由淀泖，泛五湖，跨三竺，南望普陀，浮钱塘，历雁荡，登天台，寻刘阮故居，转陟四明，循鸟道，渐入仙窟"，晚年又出旰江，登武夷山，足迹之广，上古时代的伏羲、神农氏也不过如此了。当他如孤云野鹤一般走入风景深处之际，他说，青山白云足以娱目，朝霞夕色足以适志，更有夜行途中的松风可当管弦，晨光中的烟霞如一册大书供他行坐披阅。在以《冥寥子游》为题的一篇万字长文中，屠隆用饱蘸激情的笔触描述了一个官员出身的独行客冥寥子的一场莫须有的旅行，此人出入山野、城市，一生都在路上，最后像传说中遇仙的刘阮一样，隐身入了四明山，再也没人见过他。在冥寥子游踪的最后，有一个晚上，他独自宿在客栈，一个长相妖艳的女子来敲他的门，自称是仙女，来与他共度一宿，同游仙境。是鬼狐，还是菩萨化来试他？冥寥子心里转过无数念头，凝神端坐，最后天快亮时那女子消失不见了。这个冥寥子应是屠隆自况无疑。

可是这隆隆滚动的欲望战车怎生刹得住？说是"月随云走，月竟不移，岸逐舟行，岸终自若"，似乎这个修持者已经掌握了摄心炼性的无上妙法，对待俗世生活已有足够的定力了，但他自己也明白，这一切就像一张薄纸般脆弱，真正能让自己燃烧，让身体里的每个毛孔都激动贲张的，还是那些男旦、歌童、小唱，是戏台上的歌吹和激越叩动的檀板。看起来陪伴自己的只有家中的老瘿瓢、长颈胆瓶和贝叶上的经文，可是夜半的梦里，常常把自己惊醒的还是骑着马跑进春天深处的那个俊俏少年，如果时间能够穿越，付出多大的代价他也要回到从前的自己。谈玄说佛原是不得已，装点一下门面也就行了，用得着像一个苦行僧一样持戒守律、搞得自己了无生趣吗？ 1599 年，56 岁的屠隆重游松江府，与冯梦祯、陆君策等一干友人游于天马湖，后来冯梦祯在他的

《快雪亭集》中以一种颇不以为然的语气说：长卿名为入道，不再吃荤食，但我看他有酒就喝，有肉就吃，身边从来没缺过娈童和女人，他还向我吹嘘，说一晚上可以度十男女而不疲，真是太可笑了。

他还梦想着写一本把世界上所有知识都囊括其中的奇书，他多次说道，计划中的这本书将有非常宏阔的视野，网罗宇宙古今，探究微言奥义，既有人生义理的思辨，又有世相的观察，还要搜考奇闻、纪述灵迹，一旦完成，将是一部彻底破解人生障蔽的伟大著作。这种博学式的态度使他对遭遇到的人和事都保持着足够的好奇，一有机会就跑出去广采见闻。他说为了写成这部终极之书，十数年间不知有多少回半夜惊醒握笔疾书，有时写着写着，那些石破天惊的发现都要把自己惊出一身汗来。他把这部希望冀之以不朽的著作定名为《鸿苞》，自称有三十卷之多，虽然全书在1589年前后已经基本完成，但因资金阙如，到他死前也没有付梓。刊刻不了的另一个原因，则是书中充斥了太多离经叛道之语，据读过此书一些片段的人说，全书体例混乱，言语放诞而又驳杂，是与叛逆派作家李贽的《焚书》差不多的一类书。倒是其中杂谈文房清玩之事的《考槃余事》四卷，他在世之日就以小册子的形式风行于世，成为追求生活品位的文人雅士案头必备书。这本书从书版碑帖到书画琴纸，乃至笔砚炉瓶、器用服御之物，一一加以详载，可称是那个时代的奢侈品鉴赏大全。可知他的耳朵一边听着梵呗和风声，最摇动心思的还是尘世间的那点热闹。

"名障欲根苦不肯断"，说来也是没奈何的事。这个一直与欲望的煎熬做着斗争的人，也真够难的了，想要"从爱河急猛回头"，不让道心退堕，可是天生一个情种，即便外缘褪尽，心底里的爱还是源源不断。看他与朋友讨论如何把欲望从心里驱赶出去，那简直是在打一仗攻坚战：屯集重兵于坚城之下，又是攀云梯，又是掘地道，那城就是攻不下来，不是战术不得法，实在城池太坚固。男女之欲为什么那么难拔去？败军之将屠长卿自问自答道：父母生我，就是因这男女之欲，那么它就是我的根，一个人怎么可以把自己的生命之根给拔掉呢？

那就索性填词度曲去，他心目中的楷模大唐李太白，不也为美丽的女人杨贵妃作新词吗？《昙花记》后，他又接连写下《彩毫记》《修文记》等传奇流布曲坛，论叫座的程度一点也不输于好友汤显祖日后写下的《牡丹亭》。在 1599 年夏天写给朋友管志道的信中，他以一种不无夸耀的语气说，自己不胜技痒，一年写了两部传奇，"一名《昙花》，广陈善恶因果，以明佛理，一名《彩毫》，假唐青莲居士，以明仙宗"，虽然不能称为正儿八经的著作，近乎游戏笔墨，但"于劝惩或有小补"。《彩毫记》专写大唐李白，尤其到力士脱靴、贵妃捧砚一节，已纯然一副夫子自道、陶醉得乐不可支的语气。到生命最后两年完成的《修文记》，他已经把自身经历和成仙证道的梦想全都放了进去，几乎做成了一出舞台版的人生回忆录。主人公蒙曜，和他一样做过县官和郎中，被诬告丢官后醉心于仙道；弹劾他的人叫"伯喜否"，弹劾的原因是："论蒙曜，放浪民，收客结交缙绅，他眼底又空人，藐王侯，不一瞬，看我等，一似脚底泥，太相欺，致仇恨"。剧中蒙曜和朋友一起到杭州飞霞洞造访的云栖老人，即著名的莲池法师。其他次要些的剧中人，也都能在他的朋友和家人中一一考出形迹，如亡故的长女用的是本来的名字，长子和儿媳的名字稍有改动，也极易辨识。甚至在第二十六出中还让一些人以真名真姓示人："笑那老莲池牙根儿没了，笑那屠居士荠根空咬，笑那虞先生门户关牢。"在一部四十八出的长剧中采用这些策略，除了希冀自己能因这些剧目的流传而不朽，也印证了他写作的秘密动机之一，乃是在于报仇。

他说，在这些新戏中他要传达的乃是这样的人生体验："风流得意之事，一过辄生悲凉，清真寂寞之境，愈久转有意味。"世人不是好歌舞戏曲吗？那他就顺从他们的这个喜好，闲提五寸斓斑管，"狠下轮回种子"，他把这一苦心之举称为"拔赵帜，插汉帜"。他以一种矫装的道学先生的口气告诉观众，戏台上莺钗成行，水袖和烟雾一起飘动，表面看这一切是多么美好，然而嗜欲的结局是悲惨的，繁华的最后总是磷火荧荧、山鬼夜语。看起来是高扬着道德教化的大旗，但也只有他自己明白，这么说有多少的不得已。

管志道早就看出了屠隆所说的劝惩云云不过虚晃一枪，沉溺于欲望化的讲述才是此老真面目，在一封长达三千余字的回信中，管志道说屠隆的这几个传奇于宣扬佛理实可谓南辕北辙，虽然作者才华过人，这些传奇写得意极精、辞极巧，但以佛学勘之，实在都没有跳出"绮语障"，尤其是《昙花记》，更是其淫无比。管志道问，你说这些传奇的目的在于化民，请问，以声色而入剧戏，所化几何？可别让世人认妄为真，又迷真为妄，那可真是为天下种一大妄语了！

生命时时欲飞，然而在道德重扼下，却总是飞不起来。有时看似轻逸地跃过去了，还是被一根看不见的绳子捆着。

在生命的最后，他还是受到了惩罚，染上了梅毒，这种被当今医学称为"由苍白密螺旋体引起的系统疾病"，即汤显祖所说的"情寄之疡"，把他折磨得生不如死，全身的筋骨似乎都一截截坏掉了，整日号痛不止，尊严尽失，要全家念诵观世音名号以求解脱。在他辗转病榻时，已经回到江西临川的汤显祖寄来十首诗，语气虽不无调侃，却也是多年老友的殷殷关切。

是为 1605 年。

这时他才如梦方醒，发现自己在这个世上已经没有了多少像汤显祖一样伴随始终的朋友。在过往的时日里，不是他得罪了他们，就是他们把他像一只破靴子一样丢弃了。他有没有真正认清过他们？有否得到他们真正的友情？这一切他已来不及细忖，生命弥留之际，他已经感觉不到多少身体的疼痛，而只是对将要吞噬自己的无边无际的虚空心生恐惧。那一刻，他的眼前或许会次第闪现过骑马冲泥燕市沽酒的北京岁月，闪现过坐着船来看他的吴越名士们的一张张面孔，还有侯门大院里帘箔后那双动人心魄的眼睛。

而在这之前数年，他已在说自己一生从没看清过自己，正如张三不是他，李四不是他，长卿不是我，纬真亦不是我（屠隆字长卿，又字纬真）。在一篇匆忙写就的自画像中，他说道：

> 霜降水涸，华脱木枯，万缘傥尽，五岳可庐，人称为我，我不知其为我。

他最后留下遗言，说他一生最大的过错，就在多言多语，要他的儿子把他所有文字，包括那部尚未付梓的大书、几部传奇全都一把火烧掉。自己的一生实在是个大失败，"万事瓦裂，无一足取"，活过了六十春秋，已是足够长了。

《语之可》·诞生纪

在出版界和报业从事编辑工作多年，每天的阅读中，有许多意境阔远、独抒性灵的文章跳脱出来，却往往由于不符合图书选题或报刊版面的需要而最终割爱，殊为遗憾。最近几年所供职的《作家文摘》是一份内涵丰富、偏重文史的文化类报纸，拥有一支视野开阔、眼格精准的编辑队伍，茶余饭后的研谈中深感一些有嚼头的选题有必要进一步地深化或拓展，慢慢构思出一本内容偏重轻历史的杂志书雏形，采用连续出版物的形式，在大部头的图书与快节奏的报刊之间取"中"，融合报刊的轻便丰富和书籍的系统深入，既不会使读者产生需要正襟危坐啃读长篇出版物的畏惧心理，又不会觉得不够有料，因浅尝辄止而怅然若失。小小的读本因集结了诸多情怀蕴藉、张力十足的佳作而成为读者浮躁生活的一份心动邂逅，无论日常生活中的哪一个角落、哪一种瞬间，都可随手展卷，在轻松愉悦中收获满满的启迪和感动。

这本连续出版物取名"语之可"，我们希望以一种独立纯粹的阅读趣味投入浩如烟海的文字中，发现、筛选、整理出那些兼具史料性、思想性、文学性的历史文化大散文，既有学者的深邃思想，旨要高迈、洋溢着天赋和洞见；又有文人的高格境界，灵动优美、感动人心，以最有价值最具力量的文字，剑指"文史之旨趣，家国之气象"。其余，英雄不问来路，无论作者声名，无论是否原发。

《语之可》计划每季度推出一辑，每辑三册，每册六到八万字，五到十篇文章，文章长短数千字至一两万字不等。每册所收文章内容旨趣相近，围绕一个画龙点睛的分册主题。每册都配有一组绚丽多姿的文艺插图，附有背景介绍和衍生的艺术史知识，构成一个微型的纸上主题画展，以期与内文的气质一脉相承，珠联璧合。整个装帧我们希望达到文质兼美的效果，远离一切浮华与虚张声势，回归简静大气的古典韵致，精巧易携。

虽然沉潜思量多年，就本书的出版而言，由于主观的懒散及客观的冗务，却是各种拖延蹉跎，只是在工作之余零敲碎打，有一搭无一搭。得现代出版社同仁的鼓励鞭策和精干高效运作，这个寄寓着我们理想和初心的读物——《语之可》第一辑终于和读者见面了。

书的取名也颇费踌躇。为了体现一种对高迈深远文字的追求与向往，书名受启发于孔子所言"中人以上，可以语上也；中人以下，不可以语上也"。曾有"语可""语上"之名，最后定名于"语之可"，是觉得这样语感更富于变化，语义也更丰富。特邀北京大学赵白生教授翻译成英文。赵教授初译"Beyond Words"，已觉极佳，不想他又颇费思量地请高人译为"Proper Words"，我觉得这两个都是言近旨远，很棒地表达了我们所想表达的意味，实难取舍。

一位作家曾感慨：编辑是一群无声、无名的人，他们的一生像一块巨大冰岩，慢慢在燥热的世间融化。这是个纸质出版从田园牧歌步入挽歌的时代，几个有点理想、有点激情又有点纠结、有点随性的编辑，究竟能做点什么呢？要不要做点什么呢？始终难忘讲述一群辞典编辑日常的日本小说《编舟记》，书中这样解释事业的

"业"字：是指职业和工作，但也能从中感受到更深的含义，或许接近"天命"之意。如以烹饪调理为业的人，即是无法克制烹调热情的人，通过烹饪佳肴给众人的胃和心带来满足。每一个从业者，都是背负着如此命运、被上天选中的人。也许，我们这些以编辑为志业的人就是一群无法克制编辑热情的人，能够为读者呈奉出几本可资信赖的读物正是上苍给我们的机遇。一事精致，便可动人。很多英伦品牌历经数百年沉淀，淬炼出一种经久不衰的高尚风范，每件单品都仿佛在唤回一个逝去的优雅世界。纸质读本也是一种历久弥新的单品，以其可触可感，有热度、见性情的朴素温暖着人们的情感与记忆。在这个高速运转、速生速朽的时代，我们唯愿葆有初心，以真诚，以纯粹，以坚守，分享打动内心的文字，也期盼这文字的辉光映亮更多的人。

感谢作者们的支持，许多作者表现出毫不计较的信任，我们感念之余也深受鼓舞，为前行注入了不竭的动力。感谢《作家文摘》这个温暖有力的集体，特别需要提到语可书坊的主力们：经验丰富、功力深湛的唐兰大姐和几位80后、90后新势力——飒爽能干的小琴、文思敏捷的小裴、耐心匠心兼蓄的小于……她们的辛勤付出让《语之可》及语可书坊日臻美好。

临事是苦，回想是乐。不管如何沉吟，最后收束时似乎总是感觉仓促而不满足，或是眼高手低，或是现实所羁，力有不逮，粗疏和不足之处在所难免，诚邀各位方家指正，更希望多赐精彩篇章，共同促进《语之可》茁壮成长！

张亚丽

二〇一六年冬

用思想力澄明未来

图书在版编目（CIP）数据

语之可.04,谁悲关山失路人 / 张亚丽主编. -- 北京：现代出版社, 2017.7

ISBN 978-7-5143-5961-9

Ⅰ.①语… Ⅱ.①张… Ⅲ.①散文集 – 中国 – 当代

Ⅳ.①I267

中国版本图书馆CIP数据核字(2017)第107878号

策　　　划：作家文摘·语可书坊

主　　　编：张亚丽

责 任 编 辑：张　霆　赵海燕

出版发行：现代出版社

通信地址：北京市安定门外安华里 504 号

邮政编码：100011

电　　话：010-64267325 64245264(传真)

网　　址：www.1980xd.com

电子邮箱：xiandai@vip.sina.com

印　　刷：北京美图印务有限公司

开　　本：787mm×1092mm 1/32

印　　张：6.75

版　　次：2017 年 7 月第 1 版　　　2017 年 7 月第 1 次印刷

书　　号：ISBN 978-7-5143-5961-9

定　　价：38.00 元

语之可

以文艺美浸润身心

用思想力澄明未来

　　隶属于中国作家协会的《作家文摘》报是一份以文史见长、兼顾时政的著名文化传媒品牌，内容涵盖历史真相揭秘、政治人物兴衰、名家妙笔精选、焦点事件深析，博采精选，求真深度，具有鲜明的办报特色。

　　依托《作家文摘》的语可书坊主打纯粹高格的纸质阅读产品，志在发现、推广那些意蕴醇厚、文笔隽秀的性灵之作，触探时代的纵深与人性的幽微。

作家文摘　　語可書坊